어쩌다, 마술

어쩌다, 마술

발행일	2020년 6월 12일

지은이	강혜원, 박문수, 소경희, 신석근, 정기홍, 조동희, 황보현		
펴낸이	손형국		
펴낸곳	(주)북랩		
편집인	선일영	편집	강대건, 최예은, 최승헌, 김경무, 이예지
디자인	이현수, 한수희, 김민하, 김윤주, 허지혜	제작	박기성, 황동현, 구성우, 장홍석
마케팅	김회란, 박진관, 장은별		
출판등록	2004. 12. 1(제2012-000051호)		
주소	서울특별시 금천구 가산디지털 1로 168, 우림라이온스밸리 B동 B113~114호, C동 B101호		
홈페이지	www.book.co.kr		
전화번호	(02)2026-5777	팩스	(02)2026-5747

ISBN	979-11-6539-245-1 03810 (종이책)	979-11-6539-246-8 05810 (전자책)

이 도서의 국립중앙도서관 출판예정도서목록(CIP)은 서지정보유통지원시스템 홈페이지(http://seoji.nl.go.kr)와
국가자료공동목록시스템(http://www.nl.go.kr/kolisnet)에서 이용하실 수 있습니다.
(CIP제어번호: 2020024048)

적극적 딴짓으로
인생 2막을 연
마술사 7인의
꿈 찾기 프로젝트

어쩌다, 마술

강혜원, 박문수, 소경희, 신석근
정기홍, 조동희, 황보현 같이 씀

북랩 book Lab

추천의 글

'딴짓 말고 공부나 열심히 해'라는 것이 옛날의 교훈이었다면 지금은 '딴짓이 경쟁력'인 시대이다. 아름다운 딴짓, 멋진 딴짓의 꽃길만 걸으시길 바란다.

- 조동욱(충북도립대학교 교수)

자기 계발은 원석을 보석으로 만드는 과정이다. 저자들은 자신이 보석으로 빛나기 위해서 무엇보다 효율성과 자신감이 중요하다고 강조하고 있다. 저자들의 경험과 지혜가 독자들에게 성장의 화수분이 되길 바란다.

- 권병웅(중앙대학교 예술대학원 교수)

　마술은 인간의 삶이 가장 힘든 시련 속에서 고통을 겪을 때 그 존재성이 빛난다. 현실에서 도저히 이루기가 불가능한 갈망을 성취시켜 주기 때문이다. 저자들은 사랑과 긍정에 뿌리를 둔 이 백마술(白魔術)의 기능을 열정적으로 실천해 온 분들이다. 교육, 공연, 오락, 생활 등 다양한 활동 영역에서 활동이 갈수록 광채를 얻기를 바란다.

- 이동순(영남대학교 교수, 시인)

　뜨거운 열정과 에너지를 가진 일곱 명의 마술사들은 마술을 통한 열정으로 사회에 기여하고 많은 사람에게 행복과 그 이상의 것을 주려고 노력하는 분들이다. 저자들의 진솔한 글이 많은 사람에게 감명을 주고 각자의 삶에 잔잔하지만 깊은 변화를 주기를 기대한다.

- 이주용(축제예술문화협회장, JL매직 설립자)

 **Contents**

✦✧ 수요일 - 강혜원 마술사의 이야기

✦ 토요일 - 신석근 마술사의 이야기

프롤로그

마술 학원에 찾아든 여섯 명의 수강생

'이렇게 해 볼까. 이런 문구는 좀 이상한가. 이거 생각보다 어렵네.'

벌써 몇 시간째 컴퓨터 앞에 앉아 애꿎은 자판기만 두드리고 있다. 화면 속에 문구를 아무리 바꾸어서 넣어 봐도 영 어색하다. 평소에 남들이 만들어 놓은 광고 카피를 보면서 촌스럽다는 둥 시대에 뒤떨어진다는 둥 차라리 내가 하면 훨씬 더 잘 만들었을 거라는 둥 잔소리를 해댔던 내가 한없이 부끄러워졌다.

"교수님! 그냥 업체에 맡기시라니까요!"

결국, 참다못한 보영 씨가 신경질적인 목소리로 나를 향해 쏘아붙인다.

"나도 그러고 싶지요. 근데 제대로 하려면 돈이 얼마나 드는지 알아요? 그리고 돈이 문제가 아니라, 아무리 얘기를 해 줘도 내 마음에 쏙 들게 해 주지도 않는다고. 그리고 나 이제 교수 아니에요."

"결국, 돈이 문제인 거잖아요. 그러게 왜 학교를 그만두셨어요. 다시 돌아갈 생각 없으세요? 아니, 왜 사서 고생을 하시느냐고요.

이렇게 어려울 때는 그저…."

또 시작이다. 보영 씨의 잔소리를 피해 담배를 주머니에 찔러 넣으며 자리에서 일어나 옥상으로 올라간다. 매번 느끼는 거지만, 이 건물의 옥상은 영 낯설고 적응이 안 되는 공간이다.

담배 연기를 잔뜩 내뿜으며 바라본 하늘은 눈물이 나도록 맑고 깨끗하다.

'젠장, 이런 날씨에 사무실에 처박혀서 뭐하는 건지. 내가 미친놈이지.'

불과 몇 달 전만 해도 교수님 소리를 듣던 나였다. 비록 시간강사와 별 차이 없는 겸임교수였지만, 그래도 10년이나 몸을 담았던 학교였는데 뭐에 홀려서 학교를 박차고 나왔느냐는 말이다. 학교를 나와서 자유로운 몸이 되면 뭐든 다 할 수 있을 것 같았는데 뭐 하나 내 마음대로 되는 것이 없었다. 학교에 있을 때, 수도 없이 떠들어대던 거창한 프로젝트들은 모두 온데간데없이 사라지고, 겨우 입에 풀칠이나 해 보겠다고 마술 학원을 차렸다. 차라리 옷가게나 식당을 열었으면 오픈발이라도 받을 텐데 이놈의 마술 학원은 한 달째 수강생이 없다. 미술 학원이냐고 서너 번 문의 전화가 온 것이 다였다. 게다가 나만 보면 잔소리를 늘어놓느라 바쁜 여직원 보영 씨까지. 답답하다. 그냥 다 때려치우고 어디 멀리 여행이라도 갔으면 좋겠다.

'여행은 무슨. 마누라가 알면 여행 간 사이에 이사라도 가 버릴걸.'

오늘따라 담배가 쓸쓸하다. 오늘은 무슨 일이 있어도 광고 문구를 만들어 내야 한다. 사람들이 바글바글하게 몰려들 뭐 그런 좋은 문구 없을까 생각하며 옥상을 내려왔다. 사무실 의자에 앉자마자 보영 씨가 다가와 다시 잔소리를 시작한다.

"교수님, 제발 그냥 업체에 맡기시고요. 빨리 시안 나와서 인쇄해야 돼요. 다음 달부터 시작이잖아요. 말이 다음 달이지, 오늘 며칠인 줄 아세요? 그래서 제가…."

"그만! 알았어요, 알았다고요. 오늘까지 무슨 일이 있어도 완성할 테니까 보영 씨 오늘은 그만 조퇴해 주세요. 옆에서 계속 그렇게 잔소리를 하면 더 안 된다고."

보영 씨를 억지로 퇴근시켜 놓고 아무도 없는 사무실에 홀로 앉아 다시 컴퓨터를 마주하고 앉아 심호흡을 한다.

'오늘은 무슨 일이 있어도 완성한다. 오늘 완성 못 하면 내가 보영 씨 아들이다!'

한 달 후,

　강의실로 가던 발걸음을 멈추고 사무실에 들러 다소 상기된 목소리로 보영 씨를 찾는다.

　"보영 씨! 오늘까지 수강 신청 몇 명이나 했어요?"

　잔뜩 기대에 부푼 나를 앞에 두고 보영 씨는 알 수 없는 표정으로 무심히 대답한다.

　"글쎄요. 뭐 얼마나 많이 수강 신청을 했겠어요. 교수님이 직접 확인해 보세요."

　'망할⋯. 그냥 말을 해 주면 되지, 꼭 저렇게⋯. 내가 대박이 나면 제일 먼저 자를 거야. 두고 봐.'

　나는 다시 강의실로 발걸음을 옮기며 구시렁거린다. 강의실 앞에서서 문고리를 잡고 다시 한 번 심호흡하며 마음을 가다듬는다.

　'첫인상이 제일 중요하지. 세상에서 제일 마술을 잘하는 강사로 보여야 해!'

　처음 무대에 섰을 때보다 더 떨리는 마음으로 문을 열고 강의실로 들어가며 준비한 인사말을 외친다.

　"여러분 안녕하세요! 마술 강사 조동희입니다!"

　수백 명이 앉아 있어도 모두 들릴 만큼 큰 목소리로 인사를 외쳤건만 강의실에 앉아 있는 사람은 단 여섯 명뿐이다.

　'하나, 둘, 셋⋯ 여섯⋯ 여섯? 여섯 명이라고?'

지난 두어 달을 그렇게 고생을 했건만, 하늘도 무심하게 결과는 참패다. 차라리 한 명도 안 왔으면 덜 섭섭할 뻔했다.

'그래, 첫술에 배부를 수 있나. 기가 막히게 잘하면 되지. 좋아, 두고 봐라!'

애써 마음을 가다듬고 그제야 수강생들을 하나하나 살피던 나는 이내 다시 한 번 마음이 심란해진다. 이제 막 스무 살이 되었을까 싶은 남학생 한 명, 삼십 대로 보이는 남자가 두 명, 사십 대 정도로 보이는 여자가 두 명, 오십 대 후반쯤 되어 보이는 여자가 한 명.

'도대체 이게 무슨 조합이지?'

그 짧은 찰나에 오만가지 생각들이 머리를 스쳐 지나간다.

'당황하는 표정을 지어선 안 돼. 나는 프로니까.'

"자, 여러분 반갑습니다. 저는 앞으로 여러분의 삶에 행복한 마술을 걸어 줄 마술 강사 조동희입니다. 오늘 이렇게 함께해 주서서 감사합니다. 무척 가족적인 분위기의 클래스가 구성되었네요. 우리 돌아가면서 각자 자기소개를 하는 시간을 가져 볼까요?"

10분 남짓, 자기소개가 끝났다.

"각자 자기소개를 해 주서서 감사합니다. 우리는 이곳에서 단순히 마술을 배우는 것만이 아니라, 마술을 통해서 내 삶을 더 즐겁고 윤택하게 만드는 방법에 대해서 서로의 생각을 나누게 될 것입니다. 더 멋진 삶을 살기 위한 첫 발걸음을 시작하게 된 여러분에게 박수와 격려를 보냅니다. 여러분의 소개를 들으면서, 문득 재미

있는 생각이 하나 떠올랐습니다. 이번 한 주는 일대일 개별 수업을 하도록 하겠습니다. 본인의 일정을 고려해서, 가장 시간이 편한 하루를 선택해서 방문해 주시기 바랍니다."

박문수
마술사의 이야기

- 오늘의 수강생: 최명식
- 오늘의 멘토: 박문수

'똑똑똑.'

"원장님, 수강생 오셨습니다."

'어쩐 일로 심술쟁이 보영 씨가 노크를 하나 했더니 수강생이 왔나 보군.'

"그래요, 누가 오셨다고요?"

"최명식 씨라고 하는데요."

"네? 벌써요? 아직 약속 시간은 30분이나 남아 있는데요. 알겠어요. 강의실로 안내해 주세요. 곧 가겠습니다."

"네, 원장님."

역시나 생긴 것만큼이나 성실한 사람이다. 수수하지만 깔끔한 옷차림에 부드러운 목소리. 첫 시간에 봤을 때 법 없이도 살 것 같은 얼굴을 하고 있던, 천생 바른 생활 사나이 같던 그 사람이다. 자기

소개를 하면서도 어찌나 예의를 차리고 공손하던지 한눈에 반장감으로 점찍었다. 강의실로 가는 발걸음이 가볍다. 첫 개별 수업치고는 순조로운 출발이다.

"명식 씨, 안녕하세요! 일찍 오셨네요!"

강의실 문이 열리자마자 명식 씨가 벌떡 일어나 공손히 인사를 한다.

"교수님, 안녕하세요!"

"반갑습니다! 그리고 저 이제 교수 아니라니까요, 하하."

"아, 네. 원장님! 조심하겠습니다."

"조심은 무슨. 괜찮아요. 편한 대로 하세요. 우리 기왕 일찍 만났으니 바로 나갑시다."

"네? 나가요? 어딜요? 오늘 개별 수업 첫날인데요."

"하하, 알아요. 어제 명식 씨 얘기를 들으면서 생각난 분이 있는데요. 같이 만나 보면 좋을 것 같습니다. 멀지 않은 곳에 있으니까 가면서 얘기합시다."

어리둥절해하는 명식 씨를 차에 태우고 시동을 걸면서 지난 개강 오리엔테이션에서 그가 했던 말들을 떠올려 본다. 참 어렵게도 살아온 그였다. 그의 지난 삶과 마술 학원에 온 이유를 들으면서 마음 한구석이 짠하게 아려 왔다. 그럼에도 불구하고 얼굴에 구김이 없고 눈빛이 살아 있는 명식 씨가 마음에 든다.

무릎 위에 두 손을 가지런히 모으고 창밖을 보고 있는 명식 씨에게 말을 건넨다.

"명식 씨는 그렇게 어렵게 어린 시절을 보냈는데도 전혀 구김이 없어요. 참 대단해요."

"아니에요. 그냥 그런 티를 안 내려고 노력하고 있습니다."

"우리가 지금 만나러 가는 분도 그런 분이에요. 하하, 명식 씨에게 도움이 될 만한 얘기를 해 주실 테니 기대해도 좋아요."

학원을 떠난 지 20여 분쯤 지난 후에 주차장에 주차를 했다.

"여기 주차를 하고 걸어갑시다."

"원장님, 지금 우리가 가서 만나는 분이 누구세요?"

"마술사예요. 저의 어릴 적 스승이기도 하고, 참 열심히 사시는 분입니다. 만나 보면 알 거예요."

"네."

우리는 곧 시내 한복판에 있는 건물치고는 좀 오래되어 보이는 건물 입구에 멈춰 섰다.

"자, 이 건물입니다. 5층이에요. 올라갑시다."

'띵동.'

"아휴, 그걸 조금 올라왔다고 숨이 차네."

제발 사무실을 옮기라고 몇 번을 얘기해도 고집을 피우고 있는 스승을 원망하며 구시렁거려 보지만, 소용없는 일이다.

군살 하나 없는 잘 관리된 몸매, 껑충 큰 키, 다소 과장된 듯한 옷차림을 하고 있는 중년의 남자가 문을 열며 환대를 해 준다.

"어서 와요! 여기까지 오느라 수고 많았어요. 환영합니다!"

"에고, 선생님! 제발 다니기 편한 곳으로 이사 좀 합시다."

"무슨 소리야, 여기가 얼마나 좋은데. 여기가 시내에서 버스 다니는 길 중에 가장 위치가 좋은 곳이라고."

"어련하시겠습니까. 참, 이분이 어제 말씀드린 명식 씨예요. 두 분 인사 나누시죠."

"안녕하세요. 마술사 박문수입니다."

선생님은 한참이나 연배가 낮아 보이는 낯선 손님에게도 깍듯이 고개를 숙이며 인사를 건넨다. 천성이 바르고 겸손한 성품이 몸에 밴 사람이다.

"어이쿠! 안녕하세요. 반갑습니다! 최명식입니다."

황급히 명식 씨가 고개를 숙이며 인사를 하니, 엉겁결에 두 사람이 맞절을 하는 모양새가 되었다.

'하여튼, 어쩌면 둘이 저렇게 똑같을까.'

나는 피식 웃으며 익숙한 낡은 소파에 앉는다.

"두 분 앉아서 말씀 나누세요. 선생님, 오래되긴 했어도 저는 이 소파 참 마음에 듭니다. 이 사무실에서 가장 정이 가는 소파예요."

"그건 자네가 거기 앉아서 마술을 배워서 그런 거 아냐? 우리 사무실에서 제일 오래된 물건이지."

"자, 자, 선생님, 제 얘기 말고, 오늘은 우리 명식 씨한테 힘이 될 만한 얘기 좀 해 주세요."

"내가 뭐 그럴 만한 사람이 되나. 그냥 서로 가까워지면 자연스레 힘이 되는 거지."

박문수 원장이 따뜻한 눈빛으로 명식 씨를 바라보며 다시 입을 연다.

"조 교수 말로는, 참 열심히 살았다던데요."

"아닙니다. 그냥 다들 열심히 사는 거지요."

"하하, 그래요. 저는 8남매 중에 막내로 태어났어요."

하마터면
개 팔자로 살 뻔했다

♣ "야, 신문팔이! 재수 없어. 꺼져!"

나는 아버지 없이 홀어머니 밑에서 8남매 가운데 막내로 자랐다. 가정형편이 어렵다 보니 군데군데 기운 옷을 입고 학교에 다니곤 했다. 중학생 시절의 어느 여름, 조금이나마 집안에 도움이 되고자 신문팔이를 하기로 마음먹었다. 열대야로 잠을 설친 한여름 어느 날 십 리 거리에 있는 청주중학교에서 수업을 마친 후 신문지국에 가서 신문을 받아들었다.

하지만 신문을 어디에서 팔아야 할지 막막했다. 신문에 어떠한 내용이 실렸는지 관심도 없다. 오로지 신문 하나 더 팔아 돈을 버는 생각뿐이었다. 신문 1부를 팔면 120원의 수입이 생기는데 60원은 신문사에 주고 나머지 60원은 내 수입이 되었기에 가난했던 중학생에게는 매우 구미가 당기는 일이었다. 어디로 갈지 고민 끝에 일단 사람 많은 시내로 향했다. 뚜벅뚜벅 걷다 보니 어느덧 시내에 도착했다. 삼삼오오 짝을 지은 사람들이 거리에 가득했다. 꽉 찬 거리에 나오니 오히려 주눅이 들어 작아지는 내 모습이 느껴졌다.

막상 도착하니 어떻게 팔아야 할지 더 큰 고민이 앞선다. 내성적인 성격 탓에 행인들을 곁눈질로 힐끗힐끗 쳐다보기만 하는 스스로의 모습에 한숨만 나온다. 결국 "신문 사세요." 한마디도 제대로 못 하고 겨우 신문 3부를 판 금액 360원 중 180원을 신문사에 주고 남은 돈 180원을 손에 쥐었다. 생애 처음으로 번 얼마 안 되는 돈이었지만 중학생의 눈엔 결코 적어 보이지 않았다.

다음 날 학교에 가니 점심시간에 같은 반 친구 녀석이 물어 왔다.

"야! 너 신문 파냐?"

"어떻게 알았어? 왜 아는 척 안 했어?"

"야! 너 송장처럼 굳어서 말도 못하던데. 혹시, 나도 그 일 할 수 있냐?"

"당연하지. 학교 끝나고 같이 가자."

교실 창가에 내리는 빗줄기를 바라보며 공부는 안중에도 없고 온통 신문 팔 생각뿐이었다. 수업이 끝난 후 친구를 신문지국에 데리고 가서 소개했다. 당장 오늘부터 일해도 된다는 소리에 친구와 난 흥이 났다.

"누가 더 많이 파는지 시합하자."

"지는 사람 아이스크림 내기다."

쑥스러웠던 내 모습은 어디로 갔는지 동지가 생겼다는 생각에 새로운 의욕이 솟아났다. 비도 오고 그래서 식당이나 다방을 공략하였는데 의외로 반응이 좋았다. 특히 남녀가 함께 있는 테이블은 성공 확률이 높았다. 그러나 종종 다방 입구에서 마담 아주머니에게 쫓겨나기도 했다.

하늘에 구멍이 뚫렸는지 오전부터 내리는 비는 멈출 줄 몰랐다. 몇 시간을 걷다 보니 힘에 겨웠지만 한 곳만 더 돌기로 하고 건물 2층으로 오르는 계단 벽면의 요상한 디자인을 감상하며 입구에 이르는 순간 벼락같은 소리가 들려 왔다.

"야, 신문팔이! 재수 없어. 꺼져!"

고약한 마담 아주머니의 고함에 어린 난 소스라치게 놀라 단숨에 건물 밖으로 뛰어나왔다. 도둑질하다가 들킨 것도 아닌데 도망치듯 나오는 내 모습이 한없이 초라하고 처량하게 느껴졌다. 신문사를 들러 집으로 걸어오는 내내 나도 모를 눈물이 흘러 앞을 가렸다. 오늘따라 빗소리마저도 왜 이리 처량히 들리는지. 하지만 가난의 서러움이 주는 아픔 속에서도 어머니를 생각하며 힘을 내곤 했다. 어려운 이웃들을 도와주며 생활하는 데 부족함이 없을 정도로 돈을 벌어야겠다는 꿈이 생긴 것은 아마도 그때였던 것 같다.

♣ 아버지! 어디 계세요?

"아버지! 어디 계세요? 제발 한 번만 모습을 보여주세요. 8남매를 어머니에게 맡겨 놓고 어디로 도망가신 거예요?"

아무리 소리쳐 봐도 대답이 없다. 뼈만 앙상하게 남은 어머니⋯. 과일 밭에서 8남매를 키우기 위해 일하시다 나무에서 떨어져 꼬부랑 신세가 된 나의 어머니⋯.

그 이후로 등을 똑바로 펴지 못해 땅만 보고 걸어야 했던 어머니를 볼 때면 늘 아버지에 대한 그리움보단 원망이 앞서곤 했다.

연한 연둣빛 싹이 고개를 들어 미소 짓는 봄날 아침. 나뭇가지에 폼 나게 자리 잡고 아침을 맞이해 주는 새소리와 봄바람 소리에 귀를 기울인다. 일주일 내내 학교 수업과 신문팔이를 하는 생활로 심신이 고되긴 하지만 한 달에 한 번 고아원과 양로원 봉사를 가는 날이었다. 집에서 멀지 않은 산자락 밑에 자리한 고아원은 지적 장애인과 고아를 별도로 관리하는 곳이었다.

여느 때와 마찬가지로 교회 사람들과 함께 간식을 나누어 주고 레크리에이션 놀이를 했다. 아이들은 마냥 즐거운지 춤을 췄고 웃음꽃이 떠나질 않았다. 그런데 오늘은 평소에 표정이 밝았던 한 아이가 귀퉁이에서 흐느끼고 있었다.

"뭔 일 있니?"

"아빠 보고 싶어."

"아, 아빠."

눈물이 핑 돌았다. 아버지란 단어는 보통 든든하고 힘이 되는 말일지 몰라도, 내게 아버지란 단어는 어색하고 낯설기만 하다. 살아생전에 한 번도 불러 보지 못한 아버지, 56세에 나를 낳고 8개월 후 돌아올 수 없는 먼 길을 가셨던 나의 아버지. 나는 그 아이의 손을 잡고 기억조차 할 수 없는 아버지를 떠올리며 하염없이 흐르는 눈물에 아무 말도 할 수 없었다.

세월이 지나고 나니 이제야 아버지에 대한 원망보다 그리움과 감사의 마음이 든다. 하마터면 세상 구경도 못 할 뻔한 존재인 내가 성인이 되어 한 가정을 꾸리게 되었고 딸 윤아, 아들 승민을 선물로 받게 되었으니 얼마나 감사한지 모른다. 아이들이 태어나 말을 배우면서 "아빠" 하는 소리가 너무도 낯설게 들렸다. 아버지와 함께 살아 본 경험과 추억이 없는 나는 아이들에게 아빠로서 역할은 제대로 하고 있는 것인지 되돌아보곤 했다. 아빠로서 가장 즐거웠던 순간들은 딸, 아들과 함께 밥 먹고, 영화 보고, 여행하며 이야기를 나누고 함께하는 시간이었다. 앞으로도 작고 큰 소망이 있다. 아이들이 성인이 되어 바쁜 인생을 살아갈지라도 가끔은 함께 좋은 추억을 만들어 가고 싶고, 아버지로 때로는 친구처럼 오랫동안 곁에 있어 주고 싶다.

♣ 하마터면 개 팔자로 살 뻔했다

'개 팔자 상팔자다'라는 말이 있다. 과연 그럴까? 동의하기 어려운 말이다. 똥개는 더더욱 그렇다. 애완견은 그나마 대우를 받는다. 하지만 애완견조차도 자유 없이 노예처럼 사는 것이라고 생각한다. 아무리 환경이 좋은 개라도 자유의지에 따라 살아갈 수 없다. 주인이 가라 하면 가야 하고 먹으라 하면 먹어야 한다. 주인의 동선 안에 갇혀 있는 주인의 기쁨조에 불과하다.

초등학교 때 내 별명은 '찢어진 팬티'였다. 학교에 가려면 십 리도 넘는 길을 걸어야 했으므로 겨울바람이 매섭게 부는 날이면 등굣길이 무서웠다. 논두렁길을 한참 걷다 보면 산기슭과 맞닿는 골짜기에 접어드는데 이때부터 죽을 각오로 학교 길을 걸어야 했다. 골짜기로 몰아치는 겨울바람은 온몸을 동태로 만들곤 했는데 신체 중에 가장 추운 곳은 고추인 것 같았다. 의학적으로 근거가 있는지는 모르겠지만 다른 친구들도 몸에서 고추가 제일 춥다고 했다.

산수 시간이었다. 선생님께서 칠판에 문제를 적고 지명하면 나가서 풀어야 하는데 제발 안 걸리기를 바라며 수업 시간 내내 가슴 졸이곤 했다. 그 이유는 첫째, 문제를 풀 수 없었고 둘째, 못 풀면 매를 맞았다. 그리고 셋째, 남 앞에 나서는 게 죽기보다 싫었다. 그런데 하필 그날 지명되어 앞으로 나갔다. 분필을 잡고 아무 답이나 썼다. 회초리를 든 선생님의 불호령이 떨어졌다.

"팬티 빼고 바지 벗어!"

어물쩍대다 마지못해 바지를 벗었는데 그 순간 여기저기서 비웃는 소리가 들려오기 시작했다. 팬티가 찢어져 엉덩이 살이 다 보였기 때문이다. 선생님께 매를 맞았으나 아픔보다 창피함과 모욕감에 고개를 들 수가 없었다. 그때부터 '찢어진 팬티'라는 별명이 생겼다. 간혹 "찢어진 팬티에 아버지도 없대요"라고 더 심하게 놀리는 아이들도 있었다. 사실, 팬티뿐 아니라 겉옷도 여기저기 꿰맨 자국으로 초라하기 그지없었다. 그래서였는지 사람 앞에 서는 것이 더더욱 두렵고 힘들었다.

대학 시절에도 틈만 나면 막노동을 했다. 대성여중 앞 인력시장에 새벽 일찍 나가면 일자리를 얻을 수 있었다.

어느 날은 운이 좋았는지 바로 봉고차를 타고 청주 외곽 지역 건설 현장 일자리에 합류하게 되었다. 도착하자마자 모래, 시멘트, 벽돌 등을 닥치는 대로 날랐다. 그날 저녁, 공사 현장 책임자는 내게 계속 출근하라고 했고, 그 말에 퇴근길 내 마음은 가벼워졌다.

출근한 지 일주일이 지났다. 300미터 정도 떨어진 구내식당에서 점심 식사를 마치고 공사 현장으로 걸어오는 동안 졸음이 쏟아져 현장 근처 그늘에 누워 잠깐 쪽잠을 잤다. 점심식사 후 인부들이 잠시 낮잠을 자는 것은 공사장에서 흔한 일이다. 얼마나 지났을까.

누군가 치는 바람에 깜짝 놀라 눈을 떠보니 건설사 사장 아들이었다. 그 후로 며칠 동안 쉴 틈도 주지 않고 일을 시켰다. 결국, 나에게 휴식 공간은 화장실이 되었다. 어느 날 속이 더부룩해 화장실에서 볼일을 보고 나오는데 왜 이리 늦게 오느냐면서 다그쳤다. 그해 여름방학 동안 여러 가지 수모를 꾹 참아 가며 개처럼 일했다. 개처럼 시키는 대로 열심히 일하는 모습이 마음에 들었는지 현장 책임자는 정식 직원이 되어 현장 일을 계속 해 달라고 제안을 했지만 거절했다.

인간은 투명인간처럼 무시당하고 개보다 못한 대우를 받을 때 자존감이 떨어지고 모든 일에 있어 무기력함과 우울증이 생길 수 있다고 한다. 인간은 창조 때부터 모든 우주 만물을 다스릴 수 있는 특권을 부여받은 고귀한 존재다. 나는 사람답게 사는 게 먼저였다.

까짓거
인생 별거 있어?

♣ 어쩌다 마술사가 돼서

어느 날 동네 후배에게서 전화가 왔다.

"형님! 저 찬회예요. 오늘 퇴근 후에 저희 집에 오실 수 있나요?"

"왜, 뭔 일 있어?"

"아니요. 할 말이 있어서요."

"알았어. 퇴근하고 집으로 갈게."

생각해 보면 그날 후배의 전화 한 통화로 내 운명이 바뀌었다. 퇴근 후 발걸음을 재촉해 후배 집으로 향했다. 좁은 골목길을 사이에 두고 마주 보고 있는 기와집들 사이로 검은색 대문이 보였다. 삐그덕 철문을 열고 들어가 보니 후배가 현관문을 나서며 반갑게 맞이해 준다. 후배는 마당이 훤히 보이는 거실의 소파로 나를 안내하고는 미소 지으며 말을 건넸다.

"형님, 마술 보여 드릴게요. 제가 군을 제대하고 서울로 마술을 배우러 다녔거든요."

후배는 대학에서 체육과를 전공하며 ROTC를 거쳐 군 장교로 제대한, 제복이 아주 잘 어울리는 멋진 사나이였다. 그런 후배가 마술을 보여 준다 하니 기대는 두 배가 되었다.

원목으로 만들어진 직사각형의 받침대에 만 원 크기의 백지가 있었다. 그 종이에 '만 원'이라고 글씨를 쓰고 종이를 받침대 위에 올려놓더니 스탬프로 도장을 찍듯 찍는 순간 백지는 사라지고 진짜 만 원짜리 지폐로 바뀌었다. 너무도 신기하고 놀라웠는데 가까이에서 직접 마술을 본 것은 생전 처음이라 지금까지도 엊그제 일처럼 생생하게 기억에 남아 있다.

"형님! 저와 마술 함께 해요."

놀랍고도 당황스러웠다. 마술의 신비로움에 놀랐고, 뜬금없이 마술이라는 직업을 함께 하자는 갑작스러운 제안이 당황스러웠다.

창업하려면 최소한 6개월 이상 경험을 쌓아야 한다고 하지만 마술은 6개월 갖고는 어림도 없다. 누군가에게 보여 주는 직업이므로 기술뿐 아니라 쇼맨십을 요구한다. 더군다나 남들 앞에 나서기 힘들어하는 나로서는 더더욱 당황스러울 수밖에 없었다. 취미 생활이 아니라 먹고사는 문제가 걸려 있는 중요한 결정이라서 머릿속이 복잡해졌다. 후배는 이런 나의 표정을 읽었는지 조금 더 생각해 보고 결정되면 알려달라고 말했다.

머리가 무거웠다. 집에 들어와 씻고 누웠지만 잠이 오지 않아 천장만 뚫어져라 바라보았다. 결국, 그날은 거의 뜬눈으로 밤을 지새웠다.

몸도 찌뿌둥하니 나사가 풀린 듯 멍한 상태로 보내다 오후가 되어서야 정신이 조금씩 돌아와서 밤사이 생각했던 것을 정리하기 시작했다. 어차피 직장 생활은 끝이 있으므로 꿈을 이루기에는 한계가 있었다. 스스로 계획하고 결정한 결과물로 성과를 얻어낼 수 있는 나의 일을 해 보고 싶다는 꿈이 늘 있었다. 마술의 '마' 자도 모르고, 남들이 쉽게 가지 않는 길이지만 도전해 보고 싶은 마음이 들었다. '그래 한번 가 보자!' 일단, 어머니를 설득해야 했다.

"어머니, 저 직업 바꾸려고요."

"무슨 일인데?"

"마술사요."

"뭐라고? 마술사! 그거 안 하면 안 되냐? 그냥 직장 다니면 좋겠는데…"

어머니는 순간 놀라면서도 차분하게 말씀하셨다.

"꼭 하고 싶어요. 허락해 주세요."

"그래. 네가 하고 싶다니 허락은 하지만 그래도 엄마는 걱정되는구나."

어머니의 목소리는 늘 차분했다. 화내는 모습을 한 번도 본 적이 없다. 오죽하면 주변에 계신 분들이 '천사'라는 별명을 붙여 줬을까. 그런 어머니의 놀라시던 표정이 지금도 눈에 선하다.

알록달록 물든 가을이 점점 성숙해져 가는 어느 날, 후배와 함께 앞으로의 계획을 세웠다. 우선 출근할 사무실이 필요했다. 그리고 새로운 마술 습득과 홍보가 필요했다. 사무실은 경비 절감을 위해 큰누님 집 2층 방을 사용하기로 했다. 매일 9시까지 출근하여 마술을 배우고, 가끔 서울 논현동에 있는 대한민국의 최초의 마술 학원인 에디슨 월드매직에서 마술 도구를 구입하여 활용하는 방법을 익혀 나갔다. 당시는 유튜브가 없었기 때문에 비디오를 통해 외국 마술사의 마술을 보고 따라 하며 실력을 발전시켰다.

어느 날 신문 1면에 광고가 났다. 에디슨 월드매직에서 지사 모집을 한다는 것이었다. 이를 계기로 후배와 나는 지방 최초로 청주 시내에 마술 학원을 오픈하게 되었는데, 이것이 국내 두 번째의 마술 학원이 된 셈이다. 월드매직 지사가 되면서 마술을 가르치는 일 뿐 아니라 마술 도구 유통 및 공연 분야까지 조금씩 영역을 넓혀 가게 되었다.

일반적으로 마술사가 되는 과정을 보면, 우연히 마술을 만나 호기심에 몇 가지 배우고 그것을 다른 사람들에게 보여 주게 된다. 이때 상대방의 반응을 통해 묘한 성취감을 느끼면서 직업 마술사를 꿈꾸게 되지만 막상 선택은 쉽지 않다. 불투명한 미래와 최소 수년의 인내와 숙련 과정을 감내해야 하기 때문이다.

나는 어쩌다 보니 번갯불에 콩 구워 먹듯 하루 만에 결정함으로써 마술사가 되었지만, 지금까지 한 번도 후회해 본 적이 없다. 왜 그럴까? 그것은 내가 즐거워하는 일을 만났기 때문이다.

♣ 우습게 보였어

흔히, 가진 것이 없으면 뭐 하나라도 잘하는 게 있어야 한다고 말한다. 바꾸어 말하면 잘하는 것이 없으면 뭐라도 가진 게 있어야 팔자가 핀다는 말이 된다. 가난하던 사람이 잘살게 되거나 신분 낮은 사람이 지위를 얻어 딴 사람처럼 팔자가 피려면 잘할 수 있는 재능이 필요하건만 나는 무엇을 갖고 있는지 알 수 없었다. 이도 저도 없는 극히 평범한 나, 아니 평범함도 후한 점수라고 해도 과언이 아닐 만큼 보잘것없는 그런 나의 모습이 내 눈에도 우습게 보였다.

마술에 입문한 지 3개월쯤 지났을까. 생애 첫 마술 공연의 기회가 왔다. 한 달에 한 번씩 봉사하러 가는 양로원인데, 여기에서 진행하는 프로그램은 늘 똑같아서 지루하고 식상한 느낌마저 들곤 했다. 어르신들은 프로그램보다는 봉사자들이 양로원에 와서 함께 얘기하고 웃고 부딪히는 것만으로도 좋아하시는 것 같았다. 프로그램이 식상하게 느껴진 것은 나만의 착각인지도 모른다. 누가 요청한 것도, 시켜서도 아니고 어르신들에게 마술 공연을 통해 웃음을 드리고 싶다는 생각이 문득 들어 관계자에게 청했다.

"제가 다음 달 어르신들에게 마술 공연을 해도 될까요?"

"마술 공연 좋지요."

"제가 실력은 없지만 보여 주고 싶네요."

"어르신들이 마술 공연을 본 적이 없어서 무척 좋아하실 거예요."

관계자는 잔뜩 기대된다는 표정을 지으며 흔쾌히 승낙해 주었다.

내가 지금 무슨 사고를 친 거지. 봉사를 마치고 집에 돌아오는 동안 다음 달이 기대된다는 관계자의 말이 메아리가 되어 내 귓가를 계속 맴돌았다. 할 수 있는 마술도 몇 가지 없는데 마음만 앞서 괜한 짓을 저지른 것 같아 한숨이 나왔다. 공연 실력은 긴 시간을 요구하기 때문에 기초가 전혀 되어 있지 않은 나로서는 상당한 부담이 되었다. 공연을 앞두고 연습을 한다고 해도 실력이 늘지 않는 것 같아 답답하기도 했다. 일주일, 하루, 공연 시간이 다가올수록 밥맛도 없고 속이 더부룩했다.

공연 당일이 되어 도살장에 끌려가는 소처럼 억지로 양로원에 도착했다. 아무리 무료 봉사 공연이지만 떨리고 겁이 났다. 드디어 음악이 흐르면서 무대로 오르는 순간 무대 공포증이 하늘을 찔렀다. 첫 번째 마술은 손수건이 지팡이로 변하는 마술로, 손수건을 좌우로 흔들다가 공중으로 던지는 순간 지팡이로 변하여 내려오는 것을 멋지게 잡고 포즈를 취하는 동작이었다. 그러나 지팡이를 잡지 못하고 바닥에 떨어뜨리는 실수를 하면서 가뜩이나 긴장된 몸이 더 굳어졌다. 시작부터 당황한 나머지 앞이 어두워지면서 관객은 보이지 않고 음악도 들리지 않았다.

얼마나 우습게 보였을까. 생애 첫 마술 공연을 끝냈지만, 쥐구멍에라도 들어가고 싶을 만큼 창피했다. 고개를 들 수 없을 정도로 엉망이었다. 무슨 마술을 어떻게 했는지도 모르겠고, 사람들의 반응을 살필 정신도 하나도 없었다. 등줄기는 흥건하게 땀으로 젖어 있었다.

혹시나 했으나, 역시나 재능이 없나 보다. 연습할 때는 그럭저럭 실수도 안 하고 나름대로 봐 줄 만했건만 실전에서는 왜 이리 실수투성인지 모르겠다. 된통 당해 봐야 제정신을 차린다고 하더니 지금 나의 처지는 몽둥이에 얻어맞은 것처럼 처참한 심정이다. 강한 동기 부여가 있을 때 성장한다는 말이 있듯이 생애 첫 마술 공연은 내게 잊을 수 없는 강한 충격요법이 돼 주었다.

그 후 생각이 많아졌다. 어떻게 하면 무대 공포증을 극복하고 관객과 여유 있게 소통하며 '스토리텔링' 마술을 만들 수 있을까? 물론 '연습만이 답이다'라고 말할 수 있겠지만, 그것보다 짧은 시간 안에 더 효과적인 방법을 고민하던 중 한 가지 떠오른 것은 무료 공연을 통해 많은 무대 경험을 쌓는 것이었다. 재능에 따라 차이는 있겠지만, 일반적으로 무대 경험이 10번인 사람과 100번인 사람은 내공의 차이가 클 것이었다.

공연의 장점은 연습 시에도 강하게 동기를 부여하며 초집중력을 발휘할 수 있게 만들며 공연 시에는 관객과의 다양한 현장 경험을 통해 최고의 발전성과를 낼 수 있게 한다는 것이다.

"무료로 공연해 드리겠습니다."

유치원, 어린이집, 양로원, 고아원 등을 다니며 관계자들을 만나 상담하였는데 누구 하나 거절하지 않고 환영해 주었다. 그렇게 잡은 많은 무료 공연으로 바쁜 나날을 보내며 힘들었지만, 이때의 무료 공연은 훗날 무대 공포증을 극복하고 관객과 여유 있는 '스토리텔링'을 할 수 있게 만드는 원동력이 되었다.

♣ 까짓거 인생 별거 있어?

"형이 죽었다."

그 소리에 난 동공이 커지며 몸에 쥐가 난 듯 움직일 수가 없었다. 8남매 중에 아들만 6명이었는데 넷째 형과 다섯째 형은 서울에서 직장을 다녔다. 어느 날 다섯째 형은 넷째 형에게 말했다.

"형! 출퇴근할 때 자전거라도 있으면 좋을 것 같은데 사면 안 될까?"

"안 돼. 위험하니까 사지 마!"

하지만 다섯째 형은 자전거가 얼마나 갖고 싶었는지 넷째 형의 만류에도 결국 자전거를 샀다. 그날 일을 마치고 퇴근 시간이 되었다.

"형! 나, 자전거 샀어."

"그래, 결국 샀구나. 위험하니까 너는 버스 타고 가. 자전거는 내가 타고 갈게."

하지만 그날 넷째 형은 퇴근길에 트럭에 치여 병원에 실려 가서 다시는 볼 수 없는 저세상 사람이 되었다. 주위 사람들로부터 늘 인정받고 신뢰받아 집안을 일으킬 대들보라고 기대를 받던 형이었기에 주위의 안타까움과 슬픔은 이루 말할 수 없었다. 가족뿐 아니라 이웃까지 챙기고 불의를 보면 참지 못해 정의를 실천하며 주어진 일은 성실함과 책임감으로 똑 소리 나게 잘하는 형이었다.

나는 믿기지 않았다. 아니, 인정하고 싶지 않았다. "막내야! 형 왔다"라고 하며 문 열고 들어올 것만 같았지만, 하루가 지나 한 달이 되고 일 년의 세월이 흐르고 나니 내 옆에 존재하지 않는 형의 죽음을 받아들이게 되었고, 형에 대한 그리움과 허전함에 마음이 아팠다. 어머니는 식음을 전폐하시고 매일 밤 눈물을 흘리셨다. 뭐 좀 드시라고 해도 "음식이 목구멍에 넘어가지 않는다" 하시며 여위어만 가셨다. 자식이 죽으면 가슴에 묻는다 했던가. 효자 중의 효자였던 당신의 아들이 얼마나 그리웠으면 3년이라는 세월을 눈물로 지내셨을까.

세월이 흘러 나의 사랑하는 어머니, 장모님, 셋째 형, 친구 등 하나둘씩 세상을 떠나보내는 슬픔 앞에 나는 삶을 돌아보며 사색에 잠기곤 한다.

　'까짓거 인생 별거 있어? 즐겁게 살면 되지!'

　그때마다 하게 되는 다짐이 나를 더욱 강하게 만드는 것 같다. 그래서일까, 마술이란 직업을 선택함에 있어서 큰 고민을 하지 않았다. 역시나, 탁월한 선택이었다. 마술의 장점은 때와 장소 구분 없이 쉽게 보여 줄 수 있다는 거다. 그러한 장점을 살려 평소 호주머니 속에 마술 도구 몇 가지를 가지고 다니며 사람들에게 마술을 보여 주어 즐거운 분위기를 만들곤 한다. 특히 무대에서 관객의 호응을 받으며 공연할 때는 나도 모르게 전율이 흐르며 큰 행복을 느낀다. 결국, 마술은 내 인생의 즐거움이자 행복이다.

굿바이!
들러리 인생

♣ 나는 들러리가 아니었나

들러리 인생이라니 생각만으로도 섬뜩하다. 어떤 물리적인 힘에 의해 자신의 인생이 조종당한다고 생각하면 모골이 송연해진다.

그러나 안타깝게도 우리 인생이 어떠한 힘에 의하여 조종당하고 있다는 사실을 가끔씩 느끼곤 한다. 국가 권력의 힘에 눌리어 자신의 소신과 원칙을 지키지 못하고 그 입맛에 맞추어 행동하는 들러리 인생. 그뿐 아니라 정치적 이념에 휩싸여 정치인들이 만들어 놓은 프레임에 개처럼 이리저리 끌려다니는 군중들, 그러한 심리를 이용하여 자신의 이득만을 챙기기 위해 온갖 술수를 자행하는 위선의 집단들 앞에서 우리들은 들러리로 취급되는 경우가 많다.

물론, 인생은 고단한 것이다. 그렇지만, 그 속에서 타인의 들러리로 살아가느냐, 인생의 주인공으로 살아가느냐의 차이점이 자신의 운명을 결정짓는 중요한 가치가 될 것이다. 스티브 잡스는 2005년 스탠퍼드 대학교의 졸업식에서 학생들에게 "다른 사람의 삶을 사느라 시간을 허비하지 마라"라고 했다. 이것은 타인의 들러리가 아닌 자신이 역사를 만들어 가는 삶의 주체가 되어야 한다는 말이다.

이쯤에서 나 자신에게 질문해 본다.

'나는 들러리가 아닌 삶의 주체로 살았는가?'

봄바람이 시원한 어느 봄날, 하이닉스 문화센터 마술 강의장 로비에서 우연히 고향 친구를 만났다.

"친구야! 여기 웬일이야?"

"나, 여기서 근무해. 그러는 넌 웬일이냐?"

"난 문화센터 강의 왔지. 우리 몇 년 만이냐?"

"십수 년은 지난 것 같은데…. 얼마 전에 동창회가 있었는데 다음 번 동창회 모임엔 너도 나와라."

"알았어. 다음에 보자."

친구와 약속을 한 후에 강의실에 들어섰다. 초등학교 동창들이 어떻게 변해 있을까? 마술 강의를 하는 동안에 친구들 얼굴이 영상처럼 스쳐 지나갔다.

따스한 햇살이 눈부시게 빛나는 아름다운 어느 토요일 오후. 30여 년 만에 친구들을 볼 수 있다는 설렘과 기대로 발걸음이 가벼웠다.

"친구야, 오랜만이다. 우와! 멋있어졌네. 결혼은? 아이는? 그동안 살아 있었구나."

모임 장소에 도착하여 친구들과 서로 반갑게 악수하며 사소한 인사말로 웃음꽃을 피웠다. 그런데 몇몇 친구들은 나를 알아보지 못했다.

그 모습을 옆에서 지켜보던 친구가 장난스럽게 농담을 던졌다.

"이 친구 그때는 코 질질 흘리며 꼬질꼬질하고 얌전했지."

"아! 그때는 왼쪽 가슴에 흰색 손수건을 달고 다니면서 콧물도 닦고 다들 지저분하고 그랬지, 뭐."

내 말에 한바탕 또 웃음바다가 된다. 웃고 즐기는 사이 늦은 시간이 되어 집에 돌아오는 차 안에서 모임에 참석한 친구들의 모습을 떠올리며 초등학교 시절의 추억 속으로 빠져들었다.

나는 체육 시간이나 운동회 날의 달리기가 제일 싫었다. 운동회에서 100미터 달리기를 하여 3등 안에 들면 공책을 받을 수 있었는데 한 번도 받아 본 적이 없었다. 항상 뒤에서 1, 2등이었다. 축구를 해도 공만 따라다니다 끝나기 일쑤였다. 그렇다고 공부를 잘했던 것도 아니었다. 그 흔한 분단장 한 번 못 해 봤다. 공부해 본 적이 거의 없는 것 같다. 뭐 하나 잘하는 것 없이 있는 듯 없는 듯 들러리였기에 친구들이 나를 못 알아보는 것도 이해가 간다. 꼴뚜기도 춤추는 재주가 있다고 그나마 딱 한 가지 잘했던 것은 심부름과 청소였다. 학교 끝나고 집에 돌아와 들판에서 소에게 풀을 먹이고 그것도 부족해 소에게 먹일 풀을 한아름 베어 집에 쌓아 놓는 등 이런저런 잡다한 집안일은 사명감을 갖고 했다. 어린 시절 추억을 떠올리는 사이 어느덧 집에 도착하여 언젠가는 동창 친구들에게 마술 공연을 통해 변화된 나의 모습을 보여 주고 싶다는 생각으로 단잠을 이루었다.

그리고 꿈꾸던 그날이 왔다. 아름다운 산과 황금물결이 출렁이는 들판으로 둘러싸인 작은 마을 한복판에 자리한 초등학교에서 동문 체육대회가 열렸다. 때마침 우리 기수가 행사를 주관하는 해였다. 체육대회 행사를 마무리하는 시상식 전에 마술 공연으로 흥을 돋우며 한층 분위기를 고조시켰다. 마술 공연이 끝나고 나니 친구들이 엄지손가락을 치켜세우며 한마디씩 했다.

"우와! 대단해 너무 재미있었어."

친구들의 뜨거운 반응 속에 뿌듯함과 자긍심으로 어깨에 힘이 가득 들어갔다.

'이것이 마술의 힘이구나!'

내 모습이 대견스럽게 느껴지는 날이었다.

♣ 내 청춘에 날개를

"이제부터 시작이다."

해마다 다이어리 첫 장에 적어놓는 문구다. 이 글을 볼 때마다 나도 모르는 어떠한 힘에 의해 이끌림을 받는 묘한 느낌이 들면서 기운이 난다. 시작이라는 설렘과 두려움이 함께 공존하는 것 같다.

마술의 시작은 내 청춘에 날개를 다는 출발점과도 같았다. 마술을 처음 시작할 때 주위 사람 대부분이 은근히 마술을 무시하고 깔보는 느낌이 들었다. 그도 그럴 것이 당시만 해도 마술사라고 하면 마을 공터에 천막 치고 약을 팔 때 마술이나 서커스로 사람들을 모으는 호객꾼이나 광대 정도로 보던 시절이었으므로 어쩌면 그러한 생각이 드는 것은 당연할 수도 있다. 지금처럼 문화센터나 학교에 마술 강좌가 개설되고 대학에 전공과목이 생길 정도로 마술에 관심이 높아지리라 생각하기 힘든 시기였다.

하지만 24년이 지난 지금은 주변의 시선이 많이 달라졌다. 정년퇴임 없이 평생 직업으로 할 수 있고 즐거운 직업이기에 부러워하는 사람도 생겨났다. 나는 이와 같은 미래를 정확히 예측하고 시작한 것은 아니었고, 마술을 선택하게 된 결정적인 이유는 따로 있었다.

대학 시절 건축공학과를 전공하고 졸업한 후에 다섯째 형이 운영하는 건축 관련 일을 수년 동안 도왔던 적이 있었다. 총무 업무를 맡아보며 일손이 부족할 때는 현장 일도 하면서 월말이나 명절쯤 되면 거래처에서 걸려온 전화 때문에 한바탕 전쟁을 치르는 것이 일상이었다.

"여보세요. 자재비 결제 부탁합니다."

"네, 죄송합니다. 공사대금 회수가 안 되어 며칠만 양해 부탁드립니다."

독촉 전화를 받고 난 후 끊기 무섭게 수화기를 들고 건축주에게 전화를 건다.

"지난번 공사대금 결제 날짜가 한참 지났는데 빨리 좀 결제 부탁합니다."

하지만 수차례 약속을 어기는가 하면, 미수금으로 수년 동안 못 받는 경우도 종종 있었다.

이러한 경험을 통해 건축일이 현장에서 공사 중 발생하는 갈등과 공사대금 결제 문제로 스트레스를 상당히 많이 받는 직업임을 알게 되고 '나의 적성에는 맞지 않는구나' 하는 생각이 들면서 건축에 대한 꿈이 사라지게 되었다.

그때부터 고민이 시작되었다. 스트레스를 덜 받고 즐겁게 일할 수 있는 일에는 무엇이 있을까? 식당이나 커피숍, 그 외 일반 직장인들을 유심히 관찰하며 나름 꿈을 찾고 있었던 시기에 마술이 운명처럼 다가온 것이었다. 마술 시장의 전망은 불투명하고 비관적이었다. 그러나 역으로 생각하면 이러한 분야가 오히려 좋은 기회가 될 수 있다는 직감이 들어 과감하고 빠르게 선택하게 되었다. 그 결과 내 청춘에 날개를 달게 되었다.

어떠한 직업을 선택할 때 자신이 좋아하는 일을 만나는 것은 큰 축복이다. 현재 먹고사는 문제로 적성에 맞지 않은 일을 마지못해 하는 처지일지라도 낙심할 필요는 없다. 자신이 좋아하는 일을 찾는 노력과 절실함이 있다면 언젠가는 청춘에 날개를 다는 기회가 반드시 온다. 어차피 자신의 미래는 남이 대신 살아 주지 않는다. 오로지 자신이 개척하고 해결해 나가야 하기 때문에 타인의 시선에 기죽지 말고 묵묵히 스스로 선택한 길을 가야만 한다.

진정한 승리자는 고독한 길에 자신의 발자국을 남기는 것이다.

♣ 나 어때, 괜찮아?

"삼촌, 우리 함께 공연해요."

서울예술단 출신으로 타악기 연주를 잘하는 동갑내기 조카의 제안이었다. 대가족인 데다 늦둥이로 태어나다 보니 삼촌이라고 꼬박꼬박 존댓말을 쓰는 조카가 오히려 부담스러울 때가 많다.

"무슨 공연인데?"

"타악, 마술, 무용, 기타를 접목한 컬래버레이션 공연을 만들어 올리면 좋을 것 같아서요."

"좋은 발상인데, 그래 해 보자고."

조카의 제안을 받아들였지만, 은근히 걱정이 앞선다. 마술 단독 공연도 아니고 색깔이 다른 여러 팀이 함께 어우러져 새로운 것을 시도하며 좋은 공연을 만들기 위해 서로 스케줄을 조율하여 함께 연습해야 하는 것에 대한 시간적, 심리적 부담감이 마음 한구석을 짓눌렀다.

며칠이 지난 후 미팅을 가졌다. 서울예술단 출신 무용수와 그의 남편인 뮤지컬 배우 겸 무대감독, 대학 강단에서 실용음악을 가르치는 기타리스트인 둘째 조카 그리고 공연을 제안한 큰 조카와 나, 이렇게 다섯 명이 모여 회의를 시작했다. 공연 장소는 청주 예술의 전당, 공연 시간은 1회 3시, 2회 7시로 정하고 공연에 필요한 전반적인 이야기를 나눈 뒤 공연 준비에 박차를 가했다. 모두가 바쁜 일정으로 인하여 늦은 밤에 연습을 하다 보니 정작 공연 당일에는 체력이 바닥날 정도가 됐다.

공연 당일이 되었다. 아침 일찍부터 공연 장비를 싣고 운반하는 트럭의 엔진 소리가 아침 공기를 뚫고 관람객들을 향하여 손짓했다. 방송사의 이동식 촬영 장비는 무대 밑에 세워지고 30여 명의 출연진과 스태프들은 세팅 준비로 다들 분주했다. 공연 시작 한 시간 전이 되자 세팅이 거의 마무리되고, 대기실은 미비한 것들을 점검하며 긴장감이 감돌았다.

드디어 무대가 열렸다. 북소리가 천지를 진동하듯 공연장을 가득 메운 관객의 가슴을 파고들며, 조명 아래 타악기 연주자의 동작

하나하나가 관객의 눈 속으로 파고들었다.

타악 연주가 끝나고 익숙한 음악과 함께 마술사가 만든 비둘기가 날갯짓을 하면서 마술 공연이 시작되었다. 환호하는 그들에게 평화를 선물로 주면서 비둘기는 새장으로 들어간다. 그 새장은 잠시 천으로 덮이면서 비둘기는 사람으로 환생하여 미녀가 된다. 잠꾸러기 미녀는 상자 안에서 편안히 누워 꿈을 꾼다. 웃통을 벗은 근육질의 한 남자가 누워 있는 자신을 향해 칼을 꽂는 순간 깜짝 놀란 미녀는 꿈속에서 깨어나며 상자 밖으로 나와 아무 일도 없다는 듯이 그 남자와 춤을 춘다.

춤추는 그 모습을 보고 질투라도 한 듯 또 다른 미녀가 다가와 "저를 저 높은 허공에 띄워 주세요"라고 속삭인다. 미녀의 몸은 공중 부양하면서 한 마리의 새처럼 하늘을 날다가 다시 육지에 내려와 백조의 날갯짓으로 춤사위를 펼치며 박수갈채를 받는다. 그리고 마술사는 마술로 타악기 연주자와 기타리스트를 무대 위로 등장시킨 후 신명 나는 타악 연주와 기타 연주를 통해 한바탕 축제의 분위기를 고조시키며 모두가 하나가 된다.

공연을 마치고 집에 돌아오는 발걸음이 왜 이리 가볍고 행복할까. 그날 밤 가장 깊은 꿀잠을 잔 것 같다. 얼마나 맛있게 잠을 잤는지 햇살이 온 방을 비추고 나서야 뻣뻣해진 몸을 간신히 일으켜 세웠다. 핸드폰을 열어보니 난리도 아니었다. 어제 있었던 공연 소감 문자가 도배되어 있었다. 여기저기 가는 곳마다 한마디씩 들었다. 그중에 나와 가까운 사람에게는 짓궂은 질문을 던지기도 했다.

"나 어때, 괜찮았어?"

"정말 멋있었어. 그런데 비둘기는 어디서 나오는 거야? 웃통 벗고 했으니 옷에서 나온 것도 아닐 테고, 공중 부양은 실로 매단 거야? 신기하네. 아무튼 최고였어."

빈말이든 참말이든 기분은 좋았다.

마술은 나에게 많은 변화를 주었다. 마술사가 되었을 때는 남들 앞에 서는 것이 두렵고, 새로움에 대한 도전도 두려웠지만, 이번 컬래버레이션 공연은 첫 시도임에도 그리 두렵지 않았다. 마술 좀 했다고 객기가 생긴 모양이다. 마술사가 되고 가장 크게 변한 것은 어떤 일이든 겁먹지 않고 부딪쳐 도전하다 보면 해결된다는 생각의 전환이다. 성공한 사람들의 공통점은 남이 가 보지 않은 길이라도 두려워하지 않고 개척하며 새로운 길을 스스로 만들어 간다는 것이다. "겨울 추위가 심할 때 봄의 잎이 한층 더 푸른 것과 같이 사람도 역경에 단련된 후에야 비로소 제값을 할 수 있다"라는 프랭클린의 말처럼 역경을 두려워하지 않고 당당히 맞서야 우리의 삶도 한층 더 푸르게 빛날 것이다.

맛깔 나는
인생살이

♣ 나도 한때는 그랬어

"야! 살 좀 쪄라."

수없이 듣던 말이라 이제는 면역이 됐을 만도 한데 여전히 듣기가 편하지 않다. 나이 드신 분들은 마른 것보다 살찐 것이 더 보기 좋은가 보다. 어른들은 삐쩍 마른 나의 모습이 안쓰럽게 보였는지 다들 한 말씀 하시곤 했다.

"저 밥 엄청 먹어요. 살찌우기 위해 잠자리 들기 전에 먹고 또 먹고 평소에도 남들 먹는 양보다 더 많이 먹거든요."

그동안 살찌우기 위해 나름대로 이런 짓, 저런 짓 많은 시도를 해봤다. 하루는 식당에서 배가 부르도록 먹고 나서 추가로 공깃밥을 주문했다. 그러면 서빙하는 아주머니께서는 내가 아니라 맞은편에 앉은 덩치 좋은 친구 앞에 공깃밥을 갖다 놓는다.

"아주머니, 제가 밥 많이 먹게 생겼어요?"

덩치 좋은 친구가 웃으며 한마디 하자 아주머니가 재치 있게 받아친다.

"네, 엄청 많이 먹게 생겼는데요."

한바탕 폭소가 터진다.

그 친구의 형님 결혼식 날에도 살찌우기 위해 서빙을 하며 갖가지 잔치 음식과 함께 국수를 국물까지 일곱 그릇이나 먹었다. 또한, 한약을 먹으면 좋다고도 하여 먹어 봤지만 별 효과를 보지 못했다.

남들은 살 빼기 위해 늘 전쟁을 치른다는데 난 왜 살찌우기가 이렇게 힘들단 말인가. 고민하던 중에 살찌우기보단 근육을 키우면 어떨까 하는 생각을 하게 되면서 평소에 보이지 않던 헬스장이 눈에 띄기 시작했다. 무심천과 맞닿은 둑 언저리에 자리한 헬스장 안으로 나 자신도 모르게 빨려 들어갔다.

그렇게 1994년 뜨거운 여름날 시작한 헬스는 25년이 지난 이 순간에도 계속되고 있다. 요즘은 운동으로 몸을 잘 만든 연예인도 많고 동네 목욕탕만 가도 흔하지만, 당시만 해도 몸매 좋은 사람이 별로 없었다.

나는 운동의 목표를 정했다.

첫 번째는 적당한 잔근육을 키워 매끈한 몸 만들기.

두 번째는 칠십 대, 팔십 대 노인이 되어도 이십 대 젊은이 몸보다 더 멋지게 가꾸기.

세 번째는 외적인 몸매뿐 아니라 내적인 건강 지키기.

네 번째는 평생 운동하기.

세상에서 가장 지키기 어려운 것 중의 하나는 '꾸준함'이다. 연예인 몸매를 만드는 것은 일이 년 열심히 노력하면 된다. 그러나 그 몸을 유지하기 위해서는 이전보다 몇 배의 노력이 필요한데, 바로 꾸준함이라는 노력이다. 그 꾸준함을 유지시켜 주는 버팀목은 바로 단계적 목표 설정이다. 뚱뚱한 사람은 살을 빼더라도 그 후에 꾸준히 관리하지 않으면 요요 현상으로 인해 다시 예전 몸으로 돌아간다. 몸은 절대로 거짓말하지 않는다. 그동안 운동을 통해 얻은 것은 몸매가 좋아지는 효과도 있었지만, 그보다 더 큰 것은 건강을 지킬 수 있었던 것이다. 운동으로 인하여 자긍심과 무엇이든 할 수 있다는 자신감이 생겼다. 사람에게 중요한 것 중 하나는 자긍심과 자신감인 것 같다.

작은 섬마을에 한 사내가 태어났다. 그는 정부 지원을 받는 작은 임대아파트에서 살았다. 여름에는 비가 새고 겨울에는 추위와 싸워야 했다. 알코올 중독자인 아버지와 마약 중독자인 형이 있지만, 어머니는 생계유지를 위해 늘 청소부 일을 했다. 어린 시절 제대로 먹지 못한 그의 별명은 '말라깽이'였다. 자신이 좋아하는 운동을 위해 12세의 어린 나이에 가족들과 떨어져 살아야만 했다. 가난한 섬마을에서 온 그는 말투와 억양이 다르다는 이유로 친구들로부터 늘 놀림의 대상이었다. 어느 날 학교 선생님이 시골에서 온 그를 놀렸다. 12세 아이는 화를 참지 못하고 의자를 던진 것이 화근이 되어 퇴학당했다. 심지어는 어릴 적부터 갖고 있던 심장 질환으로 운동을 계속할 수 없는 상황이었지만, 그는 꾸준한 노력 끝에 훗날 세계 최고의 축구선수가 되었다. 그가 바로 크리스티아누 호날두이다. 축구만 잘하는 것이 아니라 어려운 이웃에게 많은 도움을 주고 헌혈을 위해 문신도 새기지 않는다. 호날두도 한때는 어려움과 고통의 순간이 있었지만, 지금은 그들에게 꿈과 희망을 주는 이 시대의 영웅이 되어 있다.

'왜, 나만 이 모양 이 꼴로 태어났을까?' 평생 원망을 하는 사람은 주위 환경이 변하지 않는다. 그러나 그것을 발판으로 더 나은 곳을 향해 목표를 정하고 꾸준히 노력하다 보면 환경은 변할 것이다. 환경은 주어지는 것이 아니라 자신이 만들어 가는 것이다.

♣ 맛깔 나는 인생살이

"우와! 맛있다."

내가 이런 말을 하면 친구는 그냥 넘어가는 법이 없다.

"야! 네가 안 맛있는 게 어디 있냐?"

친구의 말을 곰곰이 생각해 보면 그 말도 맞다. 가리는 음식이 없다 보니 먹는 즐거움이 상당히 크다. 특히 어머니가 직접 손으로 밀어 만드시는 손칼국수는 군침이 절로 돈다. 흔히들 어머니가 만들어 주는 음식 중에 둘이 먹다가 하나가 죽어도 모를 정도로 맛깔 나는 음식이 하나씩은 있을 것이다. 왜 그렇게 맛있을까? 그것은 아마도 어머니의 정성과 사랑이 담긴 마음이 녹아 들어가 있기 때문일 것이다.

재료가 아무리 좋아도 요리사의 손맛에 따라 맛의 차이가 큰 것처럼 우리의 인생도 어떻게 요리하느냐에 따라 운명이 바뀔 수 있다. 내 인생의 요리사는 부모도 아니고 친구도 아니다. 오직 나 자신이다.

코카콜라 전 회장인 더글라스 대프트는 신년사에서 다음과 같이 말했다.

"인생을 5개의 공을 던지고 받아야 하는 저글링이라고 가정해 보자. 각각의 공을 일, 가족, 건강, 친구, 영혼이라고 명하고 모두 공중에 떠 있다고 생각해 보라. 일은 고무공이라서 떨어뜨리더라도 바로 튀어 오르지만 다른 4개는 유리로 되어 있어서 이 중에 하나라도 떨어뜨린다면 그것은 긁히고 상처 입고 깨져서 다시는 원래의 모습으로 회복할 수 없다. 이 사실을 이해하고 여러분은 인생에서 이 5개의 공들이 균형을 갖도록 노력해야 한다."

삶이란 하나만 가지고 이루어지는 것이 아니라 서로 균형을 이루며 요리되는 것이다. 푀펠은 "중요한 것은 균형이다. 인간으로서 우리는 언제나 두 가지를 동시에 필요로 한다. 하나는 다른 사람과의 교류이며, 또 하나는 나 자신과의 관계이다"라고 말하면서 균형의 중요성을 말하고 있다. 여기에서 나 자신은 균형적인 삶을 살고 있는가?

마술사라는 직업은 즐겁고 보람된 일이다. 그렇다고 마술만 잘하면 맛깔 나는 인생살이가 되는 것인가? 아니다. 여기에 추가적인 양념이 들어가야 제 맛을 살릴 수 있다. 그 양념으로는 힘들고 어려울 때 늘 내 편이 되어 주는 사랑하는 가족과 서로 진실과 진심으로 공감대를 형성하며 의지할 수 있는 친구도 필요하다. 그리고 정신적이나 육체적으로 탈이 없고 어디든 다닐 수 있는 건강과 영혼의 평안함 또한 필요하다. 이러한 것들이 균형과 조화를 이루며 상당 부분 맛깔 나는 인생살이로 살아가고 있지만, 아직도 부족한 부분이 있기에 나는 오늘도 내 삶을 요리하며 다듬어 가고 있다.

♣ 개보다 행복한 사람

"멍! 멍! 멍!"

개 짖는 소리가 친근하게 들린다. 주인의 인기척을 어찌나 빠르게 감지하는지 최신식 레이더를 달고 다니는 모양이다. 개는 기쁠 때, 슬플 때, 경계할 때, 배고플 때 짖는다. 나는 동물 중에서 가장 좋아하는 개를 볼 때마다 촉촉한 코를 만지고 싶어 손이나 코를 댄다. 그러다가 몇 번 물린 적도 있다. 개는 자기를 길러 준 주인을 어디든지 따라 다니며 잘 적응하며 산다. 특히 주인에게는 충성심을 가지며 그 밖의 낯선 사람에게는 적대심, 경계심을 갖는다. 개는 사람에게 충실하고 의리가 있는 가축으로서 우리나라에는 충견 설화가 많다. 부여에 있는 개 탑은 화재로부터 주인을 구하고 죽은 개의 충직과 의리를 기념해서 세워졌고, 1282년에는 개성 진고개의 어느 개가 돌볼 가족이 없는 눈먼 아이를 데리고 다니면서 물과 밥을 얻어 먹여 키웠는데, 관청에서는 이를 보고 개에게 벼슬을 내리고 그 충직함을 기렸다고 한다.

동물들의 삶은 1천 년 전이나 지금이나 거의 비슷하지만, 그에 반해 인간은 하루가 다르게 변해 가고 있다. 그 이유는 이성적인 존재로서 자유의지를 신으로부터 부여받았기 때문이다. 인간은 필요한 도구를 만들어 사용하면서 얻어진 지식과 결과물을 다음 세대에게 전달해 주는 능력이 있다. 이로 인한 문명의 발전은 생명을 연장시키고 다양한 먹거리와 편리한 교통수단을 제공하여 세계 곳곳을 여행할 수 있게 되었다. 이것은 인간 외에 어떠한 생명체도 누리지 못하는 특권으로, 모든 생명체 영역의 최고위에 사람이 있는 것이다. 그럼에도 불구하고 우리는 왜 개보다 행복하지 못하다고 느껴질 때가 있을까? 그것은 바로 부정적인 감정의 습관 때문이다.

어느 날, 신이 초라한 모습으로 여행을 하고 있었다. 밤이 깊어 숙박할 곳을 찾던 중 마침 으리으리한 집이 눈에 띄어 대문을 두드렸다.

"하룻밤 묵어 갈 수 있을까요?"

주인은 단숨에 거절했다.

신은 하는 수 없이 발길을 돌려 작고 초라한 집의 대문을 두드렸다. 그 집에서는 부부가 함께 대문까지 나와 흔쾌히 맞아 주면서 극진히 대접했다.

다음 날 아침, 신은 친절을 베푼 부부에게 말했다.

"그대들이 베풀어 준 친절에 대한 답례로 3가지 소원을 들어줄 테니 말해 보시오."

부부는 신의 물음에 대답했다.

"첫 번째는 우리 부부가 함께 천국에 가는 것이고, 두 번째는 그때까지 건강하게 사는 것입니다. 그리고 세 번째는 특별히 없습니다."

그러자 신은 첫 번째 소원과 두 번째 소원을 약속하고, 세 번째 소원 대신 멋진 집을 만들어 주고 길을 떠났다.

그 소문을 들은 부잣집 주인은 말을 타고 신을 쫓아가서 말했다.

"오늘 밤은 우리 집에 묵으시고 3가지 소원을 들어주십시오."

신은 그러겠노라 말하고 따라갔다.

그런데 갑자기 주인이 타고 있던 말이 날뛰기 시작했다. 화가 난 주인은 자신도 모르게 소리쳤다.

"이놈의 말이 죽으려고 환장을 했구먼. 차라리 죽어 버려라!"

말은 죽고 첫 번째 소원이 이루어졌다. 그러자 주인은 말 등에서 비싼 안장을 빼내 짊어지면서 투덜거렸다.

"나는 이 고생인데 마누라는 빈둥거리고 있겠지. 흥! 이 무거운 안장 위에 평생 타고 있어 봐야 정신을 차리지."

그러자 안장이 갑자기 사라졌다. 집에 도착해 보니 부인이 말안장 위에 올라탄 채 내려올 수 없게 되었다. 이것이 두 번째 소원으로 이루어진 것이다. 그 와중에 주인은 세 번째 소원으로 전 세계의 보물을 원하였지만, 그 순간 화가 난 부인은 소리쳤다.

"이 안장에서 내려올 수도 없는데 보물 같은 게 무슨 소용이 있어요! 빨리 나를 여기서 내려오게 해 줘요."

그러자 세 번째 소원이 이루어졌다. 결국, 부잣집 주인은 말을 죽게 하고, 부인을 화나게 하고, 그 화를 푸는 데 세 가지 소원을 다 써 버렸다.

이러한 일들이 이야기 속에 나오는 부잣집 주인만의 얘기는 아닐 것이다. 살다 보면 자신도 모르게 생각하고 내뱉는 말로 인하여 행복을 차 버리기도 하고, 부정적인 혼잣말로 중얼거릴 때도 있다.

"미치겠네! 나는 왜 이리 재수가 없지. 하는 일마다 되는 것도 없고 너무 힘들다. 등신 중에서도 상등신이야. 차라리 다 때려치우자. 아휴, 짜증 나!"

사람들은 부정적인 감정의 습관으로 인해 주위 환경이나 하는 일이 만족스럽지 못하다고 투덜댄다. 그 순간 행복은 날개를 펼쳐서 멀리 날아가고 만다.

나는 가끔 생각에 잠기곤 한다. 어떻게 하면 개보다 행복한 사람으로 살까? 멀게만 느껴지는 저 행복을 내 곁에 두고 살 순 없을까? 그래서 생각해 낸 것이 '소소한 행복 찾기'이다. 아침에 눈을 뜨면 살아 있음에 감사하고, 저녁에는 집에 무사히 도착함에 감사한다. 사랑하는 가족과 친구가 있음에 감사하고, 활동할 수 있는 일이 있음에 감사를 한다. 그 외에도 감사할 일은 차고도 넘친다. 감사할 일이 많을수록 소소한 행복은 커지는 것 같다. 칼 힐티는 "사람이 의식에 눈뜬 최초의 순간부터 의식이 사라질 때까지 가장 열심히 찾는 것은 뭐니 뭐니 해도 역시 행복의 감정이다"라고 말했다. 사람은 누구나 행복해지길 원하지만, 누구나 행복한 삶을 살지는 않는다. 행복은 보이는 듯하다가도 보이지 않고, 안 보이는 듯하다가도 보이는 신기루와 같다. 그렇기 때문에 행복은 스스로 끊임없이 찾고 만들어 가는 자만이 누릴 수 있는 권리이자 특권이다.

소경희
마술사의 이야기

- 오늘의 수강생: 조윤미
- 오늘의 멘토: 소경희

"원장님 안녕하세요. 일찍 나오셨네요."

"네, 보영 씨 안녕하세요. 어제 간만에 고기를 3차 까지 먹었더니 힘이 넘치네요."

"원장님, 얼굴에 거북해 죽겠다고 쓰여 있거든요?"

"하하, 보영 씨는 나를 안 지가 두어 달밖에 안 되었는데 어쩌면 그렇게 나를 잘 알아요?"

"제가 집에서 막내잖아요. 눈치가 백 단이거든요. 소화제 사다 드 려요?"

"고맙습니다. 미안하지만 바로 좀 다녀와 줄래요? 이제 곧 조윤 미 씨가 오실 거라서요."

"이렇게 일찍요? 아직 9시도 안 되었는데요?"

"네, 일찍 왔다가 오후에 병원 가서야 한대요. 자녀분이 아직 어 린데 많이 아프다는 것 같아요. 뭐였더라. 희귀병이랬는데."

"어떡해요. 그분 힘드시겠어요. 근데 마술은 왜 배우신대요? 아이 보여 주려고요?"

"그러게요. 학교에 자원봉사를 가셨는데, 학교에 오신 분들이 마술을 보여 주셨다나 봐요. 그런데 아이들이 그렇게 집중해서 재미있게 보더랍니다. 그래서 본인도 배워 보고 싶으시다고요. 첫날 오리엔테이션 때 자기소개하면서 그분 얘기 들으면서 얼마나 마음이 아프던지요."

띵동띵동. 학원 문이 열렸을 때 나는 벨 소리다. 아마도 그녀가 도착했으리라.

"자, 보영 씨, 멀리 가지 마시고요. 그냥 요 아래 편의점에서 마시는 소화제 한 병만 부탁하고요. 나가면서 지금 윤미 씨 오신 거 같으니까 강의실로 안내해 주세요. 저 금방 갈게요."

"네, 원장님."

보영 씨가 황급히 밖으로 나가는 사이에 나는 거울 앞에 서서 넥타이를 고쳐 매고는 곧 강의실로 발걸음을 옮겼다.

강의실 문을 열자마자, 강의실 진열장에 있는 도구를 신기하게 바라보는 그녀의 모습이 눈에 들어온다. 작은 키, 뽀글뽀글한 전형적인 한국 아줌마의 모습, 특별히 갖춰 입지 않은 평상복 차림이다. 오십 대 초중반 정도의 화장기 없는 얼굴이지만, 수수하고 온화한 미소를 지닌 그녀가 나를 발견하고는 인사를 건넨다.

"원장님, 안녕하세요! 여기 신기한 물건들이 정말 많네요!"

"안녕하세요! 네, 모두 실제 사용 가능한 마술 도구들입니다. 잠깐 앉으실까요?"

'가만, 이분이 나이가 어떻게 되더라?'

"조윤미 님, 실례지만 연세가 어떻게 되시지요?"

"마흔여덟이에요. 혹시, 나이가 많으면 마술을 못 배우나요?"

그녀가 걱정스러운 얼굴로 물어본다.

"아, 아니에요. 보기보다 젊으시네요. 충분히 가능합니다."

말을 마치자마자 당황하며 그녀가 모르게 내 무릎을 꼬집는다.

'바보 같으니라고…. 나이보다 젊어 보인다고 했어야지.'

"제가 고생을 많이 해서 좀 더 들어 보여요."

"아, 아니요 그런 뜻이 아니고요. 하하. 오늘 특별히 꼭 배우고 싶은 마술이 있다고 하지 않으셨어요?"

"네! 반딧불 마술이요. 손에서 반딧불 잡는 마술 먼저 꼭 배우고 싶어요. 애들이 정말 신기해해요. 제가 봐도 너무 신기하고요."

"반딧불? 아, 손가락 끝에서 빨간색 불빛 옮겨 다니는 마술 말씀이시군요. 그건 딜라이트라고 하는 마술입니다."

"네, 딜… 딜나이트요?"

"딜라이트요. 불빛을 나눈다, 뭐 그렇게 이해를 하면 쉬우실 거 같아요."

"네. 아무튼, 저 그거 꼭 배우고 싶어요."

"알겠습니다. 잠시만요."

마술 도구가 쌓여 있는 창고에 가서 딜라이트를 찾아 보지만, 아
무리 찾아도 보이지 않았다.

'꼭 필요할 때는 없어.'

"저, 조윤미 님, 죄송한데요. 마침 학원에 딜라이트가 딱 떨어졌
는데요. 어쩌죠? 일단 오늘은 다른 거 먼저 배우시죠?"

"아… 네… 우리 아기가 그거 꼭 보고 싶다고 했는데…."

"아기가요? 아… 그럼… 어쩐다…."

그녀의 실망스러운 표정을 보니 도저히 다른 생각이 들지 않았다.

"혹시 오전 시간 바쁘지 않으세요? 오늘 꼭 배워 가셔야 하면, 방
법이 있긴 한데요…."

"원장님, 저 시간이 걸려도 오늘 꼭 그 마술을 배웠으면 좋겠어요."

"알겠습니다. 저랑 같이 나가시죠. 아이와 약속을 지키려면 저희
마술 도구 납품하는 곳에 직접 가서 받아오는 것이 제일 빠른 방법
같습니다."

나는 아픈 아이와 약속을 했다는 말에 그녀와 함께 마술 도구
도매상을 찾아갔다. 이놈의 오지랖은 정말 어쩔 수가 없다. 출근
시간이 지나서인지 금방 마술 도구 도매 업체에 도착했다.

"여기입니다. 여기는 마술사들에게 도구를 판매하는 도매 업체

같은 곳이에요. 아마 한국에서 제일 큰 업체일 겁니다."

"네, 그런 곳이 여기에 있군요."

"하하. 이 조그만 도시에 마술 업체랑 마술사가 얼마나 많다고요. 자, 이쪽으로 오세요."

꽤 넓은 주차장을 가진 5층짜리 신축 건물에는 여기저기 박스가 가득 쌓여 있다. 문을 열고 들어서자마자 오십 대 후반의 멋진 여성분이 다가와 인사를 건넸다.

"와! 조 교수님, 오랜만이에요. 어떻게 오셨어요? 옆에 계신 분은 누구세요?"

"아, 소경희 마술사님 안녕하세요! 여전히 젊고 멋지십니다! 이분은 저희 학원 수강생이세요."

내 말이 채 끝나기도 전에 소경희 마술사가 반색을 하며 윤미 씨의 손을 잡고 인사를 건넨다.

"안녕하세요! 환영합니다! 조 교수님하고 함께 오신 분이라면 언제든지 환영입니다!"

"네, 안녕하세요! 조윤미예요. 너무 멋지세요!"

"아니에요. 그냥 젊게 살려고 애쓰는 거예요. 다 화장이지요, 뭐. 윤미 님이 더 멋지실 거예요."

"소경희 마술사님, 윤미 씨가 딜라이트 마술을 오늘 꼭 배우셔야 하는데 마침 학원에 도구가 없어요. 지금 하나 가져다주실 수 있으세요?

"그럼요, 교수님, 여기 잠깐 앉아 계세요. 금방 다녀올게요."

소경희 마술사가 유쾌하게 웃으면서 자리를 떠난다.

"우리는 여기 앉아서 기다리면 됩니다."

"원장님, 저분은 어떤 분이세요? 부럽네요. 화려한 옷이며, 말씀도 잘하시고, 마술도 잘하시겠죠?"

"그럼요. 아마 우리나라 실버 마술사 중에서는 손가락 안에 들 거예요."

"그렇게 대단한 분이세요? 와, 부럽다. 저는 이제 시작해 보려고 하는데 저분처럼 되기 어렵겠죠?"

"하하. 아니에요. 충분히 가능해요. 저분도 마술 시작하신 지 얼마 안 되셨어요. 전에 아주 힘들게 시작하셨어요. 남편분 반대도 심하셨고. 근데 지금은 하고 싶은 거 하시면서 재미있게 사세요."

"네…. 그렇구나."

"우리 소경희 마술사님 오시면, 어떻게 마술을 시작하게 되셨나 한 번 들어 보실래요? 아마 저분 얘기 들으시면 충분히 하실 수 있다는 생각이 드실 거예요."

"정말요? 저야 좋지요."

소경희 마술사가 손에 작은 상자를 들고 다가온다.

"교수님 여기 있네요! 딜라이트! 빨간색 한 세트면 될까요?"

"네! 그런데 소경희 마술사님. 오늘 바쁘세요?"

"아니요! 뭐 바쁘더라도 조 교수님께서 시간 내달라고 하시면 내야죠. 호호."

"하하. 고맙습니다. 소경희 마술사님, 여기 윤미 씨가 마술을 이제 막 시작하시는데 용기가 잘 안 난대요. 격려 좀 해 주세요."

"정말요? 저보다 어렵지는 않으실 거예요. 저는 정말 말도 안 되게 마술을 시작했어요."

마술 이전의 삶

♣ 평범한 주부에서 영어 강사로

나는 지리산 자락 섬진강 줄기 남원에서 태어나 대학을 졸업하자마자 결혼해서 1남 1녀를 둔 평범한 가정주부이다.

영어 강사가 된 것은 특별한 경험을 했기 때문이다. 결혼 10주년 기념으로 간 유럽 여행 중 이탈리아 베니스 시장에서 남편과 길이 엇갈려 고생한 적이 있다. 그걸 계기로 영어의 필요성을 느끼게 되었고, 영어 공부를 열심히 해서 10년간 학원에서 영어 강사 생활을 했다. 가정주부가 일을 할 수 있게 됐다는 것이 얼마나 행복했던지… 어머니가 아이들을 봐주셨기에 가능한 일이었다.

학생들은 우리말을 사용해도 되지만 강사는 무조건 영어만 사용해야만 하는 규칙 덕분에 영어 공부를 열심히 해야만 했다. 인사도, 수업도, 야단도, 칭찬도, 숙제 검사도.

아들보다는 딸이 어리기 때문에 듣는 귀가 더 열려 있던 것 같았다. 내가 "〈애플파피〉 보자" 하면 꼭 딸이 "압뽈팝피" 하며 나로 하여금 비디오를 집중해서 듣게 만들었다. 집중해 들으니 영어 발음이 다르게 들렸다.

얼마 전 아들이 쓴 독후감을 보니 다음과 같은 글이 실려 있었다.

> 우리 엄마는 〈애플파피〉 영어 강사였다. 중학교 때 반장(깨알 자랑)인 나
> 는 영어 수업에 읽기를 시키면 애들의 "얼~" 하는 반응에 주목받는 것이 싫
> 은 사춘기라 억지로 발음을 이상하게 해서 몇 년이 지난 지금은 원어민 같
> 은 발음은 안 나온다.

영어 수업은 비디오를 들으면서 노래를 따라 부르고 역할 놀이나 게임으로 하는 수업이라 학생들이 놀이처럼 공부했다. 아이들과 즐겁게 공부하기 위해서는 도구 준비가 필수다. 영어 단어, 한글 단어, 그림이 한 짝이 되어서 뒤집어서 맞추는 게임이나 영어 단어 빙고 게임을 만드는 작업은 만만치 않게 시간이 들어가지만 즐거운 마음으로 만들었다. 그래야 아이들이 수업을 재미있게 느끼고 나 또한 즐겁기 때문이다. 영어를 전공하지 않았고, 외국계 기업에 일한 적도 없었으며 외국에서 살다 온 것도 아닌데 젊은 영어 강사들 사이에 아줌마 영어 강사로 10년을 일할 수 있었던 것은 즐기면서 했기 때문이 아니었을까 하고 생각한다.

♣ 희귀병이라니

아기의 뺨이 유난히 도드라져 보여서 성빈센트병원에 갔다. 그런데 의사가 검사 결과를 보더니 더 큰 병원인 여의도 성모병원에 가보라고 했다. 며칠 입원하고 검사비가 60만 원대가 나왔는데 그 당시에 형편이 좋지 않아서 돈이 없다고 하니 나중에 갚으라면서 퇴원시켜 주었다. 부끄럽기도 하고 감사하기도 하고 그런 병원이 또 있을까 하는 생각이 들었다.

마술을 가까이서 직접 본 건 2007년 어느 가을 여의도 성모병원 7층 소아혈액종양 병동이었다. 서 병동을 보통은 소아암 병동이라 부른다. 서 병동 부모님들은 동 병동 부모를 부러워하는데, 동 병동은 뇌종양, 교통사고 등으로 입원한 어린이들이 있는 곳이기 때문이다.

우리 아기의 병명은 신경모세포종이었다. 왜! 우리에게, 왜 우리 아기에게! 아기가 무슨 잘못이 있다고⋯. 힘들어하는 것도 잠시였고 치료에만 전념하기로 마음먹었다. 서 병동에는 백혈병 친구들이 많았다. 우리 아기도 백혈병이면 좋겠다고 생각한 적도 있었다. 백혈병에는 다양한 치료 방법이 있기 때문이다.

♣ 도움의 손길

희귀병은 치료 방법이 많지 않다는 안타까움이 있다. 너무나 희귀해서 병명조차 나오지 않는 어린이 환우는 국가의 혜택을 받지 못하므로 더더욱 안타깝다. 환우 부모님들은 의사 선생님 못지않게 공부를 많이 하셔서 의학적인 지식이 많은 것이 놀라웠다. 부모는 강하다는 걸 새삼 느꼈다.

여의도 성모병원은 지방에서 올라오는 환자와 환자 가족을 위해서 병원 근처에 아파트 한 채를 빌려서 쉬기도 하고 빨래도 하는 쉼터의 집을 마련해 두고 있었다. 그 당시에는 종이 기저귀가 비싸기도 하고 아기 피부에는 천이 좋기 때문에 14개월인 우리 아기에게는 천 기저귀를 사용했는데 그래서 항상 빨래가 많았다. 병원에 동전 빨래방이 없던 시절이었는데 다행히 쉼터의 집에서 세탁기를 사용할 수 있었다. 환우 쉼터의 집에서 환우 가족이 숙식도 해결하게 해 주었다. 병원이 환우를 사랑하는 따뜻한 마음이 지금도 느껴진다. 참으로 감사할 일이다.

암이라고 진단을 받으면 나라에서 90%를 지원해 준다고 한다. 나머지 10%도 후원자가 생기니 병원비 걱정하지 말고 치료에만 전념하라는 병원 측의 배려가 너무 고맙고 감사할 뿐이었다. 살기 좋은 우리나라에서 태어나서 너무 감사하다.

병원에서는 환우와 가족을 방송에 출연하게 해서 후원자를 만나게 해 준다. 여러 환우 어린이에게 기회가 주어져야 하므로 한 아이 당 한 번만 출연할 수 있는 것으로 알고 있다. 그래서 방송을 한 곳만 선택하라고 하였다. 방송이 아니어도 후원자 연결을 열심히 해 주는 여의도 성모병원이 진심으로 감사했다.

어느 날 저녁 병실에서 마술 쇼가 펼쳐졌다. 병실의 친구가 반딧불을 잡는 마술을 보여 주었는데, 마술 쇼가 펼쳐지는 동안은 신음도, 울음소리도 들리지 않고 모두가 행복한 순간이었다.

병원에는 색종이 봉사, 놀이 봉사, 악기 연주 봉사 등등 다양한 봉사를 해 주시는 분들이 많은데, 연고가 전혀 없는데도 순수하게 봉사하는 모습에 많이 놀랐다. 진정한 봉사의 마음을 배우게 해 준 많은 봉사자 여러분에게 감사를 느꼈다.

마술을 만나다

♣ 마술 학원 문을 두드리다

병원에서 암 치료는 단기로 끝나지 않고 5년에서 15년까지도 걸릴 수 있으므로 가족이 지치지 않고 간호하려면 환우 보호자가 건강 관리와 문화생활을 해야 한다고 권장해 주었다. 그래서 뭘 하면 좋을까 생각하다가 아이들이 반딧불 마술을 좋아하던 모습이 생각났다. 마술은 취미로도, 수업으로도, 봉사로도 좋겠다는 생각에 가장 가까운 마술 학원인 매직게이트를 찾았다.

매직게이트 마술 학원에서 생활 마술과 클로즈업 마술을 배웠다. 생전 처음 접해 본 동전 마술과 카드 마술은 정말 신기했는데 배우기 무척 어려웠다. 더구나 아무리 간단한 마술이라도 남에게 보여 준다는 것은 만만치 않은 일이었다. 특히 마술을 보여 준다고 하면 다들 눈을 동그랗게 뜨고 집중해서 보기 때문에 충분한 연습을 한 것 같은데도 긴장해서 실수하기 마련이다. 혼자 할 때는 잘되는 것 같은데 마술이라는 것이 쉽지 않았다. 연습이 쉽지 않음에도 마술의 매력이 너무나 강력해서 마술을 한 번 배워 본 사람은 그 오묘한 매력에서 빠져나올 수가 없다.

수업 시간에 배운 걸 보여 주면 얼마나 좋아하는지, 14개월 된 우리 아이가 혼자 동전을 손바닥에 놓고 쥐었다가 펴서 동전이 보이면 깜짝 놀라는 모습이 사랑스러웠다. 또 병실의 어린 친구들에게 보여 주면 아이들은 신기해하고 좋아하는데, 엄마들이 와서 "저거 사기야"라고 말하면서 아이를 데려가곤 했다. 당시에는 마술을 사기, 속임수라고 말하며 부정적으로 생각하는 사람들이 많았다.

병원에서 방송에 출연시켜서 후원자를 만나게 해 주었다. 우리 아기는 MBC 창사특집 〈어린이에게 새 생명을〉에 출연했다. 하지만 촬영이 끝나고 방송이 나가기 전에 아기는 천사가 되었다.

우리 아기는 사랑받기 위해 태어났다. 병실에서 고통스러울 때를 빼면 언제나 잘 웃는 아기였다. 김치와 밥을 땀을 뻘뻘 흘리며 먹으면서도 편식하지 않고, 음료를 먹고 싶으면 빈 팩을 가지고 와서 달라고 하고, 주스 팩이 없으면 빨대를 가지고 와서 달라고 한다. 배가 고파 밥을 달라고 할 땐 손가락으로 입을 벌리고 입에 넣는 시늉을 한다. 밖에 나가고 싶으면 기저귀를 채워 달라고 하고, 마스크 채워 달라고 손으로 입을 툭툭 치는가 하면 내 오른 어깨를 툭툭 치며 밖을 가리킨다. 집 안에서는 마스크를 벗고 있지만 나갈 때는 마스크를 써야 하는 걸 알고 있는 것이었다. 말을 못하는 14개월 아기였지만 모든 의사소통을 울음이 아닌 손짓으로 표현했다. 하루에 한 번 놀이터에 가는 것이 유일한 놀이였다. 미끄럼틀, 시소,

그네 타는 사람을 보면서 아파트에 있는 놀이터를 도는 것만 해도 좋았다.

♣ 천사가 나타나다

방송이 나간 후에 우리 가족을 도와주신 천사가 나타났다. 미술 치료를 하시는 분인데 우리 가족에게 그림도 그려 보게 하고 여러 가지로 마음을 열 수 있도록 따뜻하게 대해 주셨다. 내가 마술을 좋아한다는 걸 아시고 방과 후 강사 지원에 필요한 서류도 만들어 주시고 접수해서 면접도 보게 해 주셨다. 이분이 아니었으면 세상 밖으로 나오기 힘들었을 것이다.

이분을 만나서 나와 가족 그림을 두 번 그렸는데, 처음 치료받을 때와 한참이 지난 후의 그림이 많이 달라졌다는 설명을 들을 수 있었다. 미술치료에서 그림이란 잘 그리고 못 그린 것으로 나뉘는 것이 아니었다. 자신의 마음을 표현하는 마음의 창이었다. 어린이집 원장들에게 마술 보여 준다고 해 주시고, 차 안에서 먹으라고 간식도 챙겨 주시고, 공연 도구 챙겨서 어린이집까지 차로 데려다 주시고, 일당백의 관객도 되어주셨다. 나의 마술 인생을 시작하게 해 주신 분이다.

♣ 암시민연대를 찾아가다

아기가 하늘나라로 가고 나서 암 환우와 가족을 사랑하는 암시민연대에서 암 환우와 가족을 위해서 무언가 하고 싶다는 마음이 생겼다. 그래서 마술 수업을 하겠다고 한 후에 학생들을 모아 수업을 시작했다. 마술은 나에게도 치료제였지만 다른 환우들에게도 치료제였다고 생각한다.

암에 걸린 것이 인생의 복이라고 생각한다는 그분들의 말에 매우 놀랐다. 달려오기만 했던 인생에서 쉼표를 만들어 준 것이 암이라고 하였다. 치료도 받으면서 배우고 싶은 취미도 갖는 휴식이라고 했다. 마술 시간만은 모두들 웃고 또 웃고, 안 돼도 웃고 잘되면 환호성을 지른다. 발표 시간에도 잘해야 한다는 부담 없이 나와서 보여 줄 수 있고, 내가 안 돼도 웃고 남이 못해도 웃으며 수업하는 시간이 짧게 느껴졌다. 어른 학생인 암 환우가 지내는 요양원에서 그동안 배운 마술을 다른 환우와 함께 나누기 위해 마술 콘서트도 열었다.

암시민연대는 암 환우와 환우 가족을 사랑하는 모임으로, 시민들의 기부금으로 운영되고 있어서 운영 환경이 열악하다. 수업은 마술 외에도 여러 가지 수업이 있다. 내가 동부산대 매직엔터테인먼트과에 들어간 후에는 암 환우계의 전설적인 오백원 님인 최종순

님과 윤종덕 선생님이 지금까지도 마술 수업을 진행하고 계신다. 그때 공부하신 환우님들이 건강히 잘 계시는지 궁금해진다.

오백원 님은 누군가 병실에서 부정적인 말만 하면 오백 원 내놓으라고 해서 자칭 오백원 님이다. 한두 가지도 아니고 여러 가지의 암으로 수술도 수차례 받고 현재도 진행 중이지만, 다른 암 환우에게 봉사하시고 일도 하시면서 암과 함께 동고동락하는, 암 환우계에서는 전설적인 분이다.

본격적인
마술의 길로

♣ 학생들과 어울리다

네이버 카페에서 마술 카페를 검색해서 가입한 뒤 글과 영상을 보며 배우던 중 마로니에 공원에서 거리 마술 공연이 있다는 글을 보고 현장에서 카페 회원과 만나기로 했다. 바이시클 카드를 들고 있는 것으로 서로를 확인하기로 했는데 도착해 보니 멀리서 카드를 만지고 있는 초등학생과 중학생이 보여 깜짝 놀랐다. 설마 저렇게 어린아이들이 마술을 하는 건 아니겠지 했는데, 아이들은 나를 보고 얼마나 놀랐을까?

대학로 마로니에 공원은 주말마다 거리 공연이 풍성하다. 마술, 악기 연주, 개그 등등. 마술하는 친구들은 그동안 갈고닦고 익힌 마술을 서로에게 자랑도 하고 관객에게 보여 주며, 즐거움을 선사하기도 한다. 거의 10대가 주류인 마술인들 사이에서 어른은 나 혼자였다. 그래도 마술이 좋으니 나이 차가 있어도 어울리는 것이 그저 좋고 아무렇지도 않았다.

뼛속까지 마술인인 중3 준민이와 준우는 봉사 공연을 다니면서 마술사란 무엇인가에 대해 알려주었다. 관객에 대한 마술사의 자세, 보조하는 사람에게 대하는 태도, 관객에 대한 예절, 비밀 유지, 그리고 끝없는 연습의 필요성을 알려 주었다. 마술사란 자신의 마술을 뽐내는 사람이 아니다. 오직 관객에게 즐거움을 주기 위한 마술사가 되어야 한다. 마술 공연은 봐 주는 사람이 없으면 의미가 없기 때문이다.

'강남의 해적들'이라는 마술 동호회에도 나가고, 동아공전 학생들 동아리에 가서도 배우고, 배울 수 있는 곳이 있다면 어디든지 발품을 팔았다.

♣ 마술 봉사단 '매직퀸'을 만들다

마술을 좋아하게 된 나는 마술에 관한 자료 글, 영상, 직접 진행했던 봉사 공연 등의 자료를 모아 놓고 두고두고 보고 싶어서 네이버에 '매직퀸'이라는 카페를 만들었다. 나는 배우는 것을 좋아해서 꽃꽂이, 민요, 지점토, 서예, 비누 만들기, 천연 화장품 만들기, 칵테일 만들기, 노래 등을 배웠지만 모두 단기간이었고, 오랫동안 좋아해서 푹 빠져 본 건 마술이 처음이었다.

매직퀸 마술 동아리에서 같이 활동한 중2 까까머리 훈이가 지금은 선비 의상에 갓을 쓰고 얼른쇠가 되었다. 김덕수 사물놀이패와 팔도를 누비며 얼른 짓을 하고 있다. 고1 현준형은 마술대학을 졸업하고 서울에서 클로즈업카드 마술 렉처도 하며 활발히 마술 활동을 하고 있다. 둘 다 자랑스럽다.

'풍선 대통령'에서 구매한 마술 도구와 DVD, 책으로 공부하며 한 달에 한 번씩 공부한 내용을 나누는 모임도 갖게 되었다. 모임엔 중학생부터 직장인 어른들까지 20명 정도 와 주셨다.

준비하고 홍보하면서도 오는 사람들이 얼마나 될까 싶어 불안했지만, 오시는 분들의 마술에 대한 열정에 시간 가는 줄 모르고 아침부터 오후까지 즐거운 시간을 보냈다.

처음엔 카페나 호프집을 대여해서 모임을 하고 병점에서 왕복 5시간 걸리는 서울대입구역 근처 연습실을 얻어서 매주 모이고 콘서트를 열기로 하고 시간이 나는 대로 모여서 연습했다. 추워서 난로를 피워 놓아도 밤엔 얼마나 추웠는지…. 그래도 행복하기만 한 시간이었다.

각자 자신이 좋아하는 링, 왕카드, 일루전 마술 도구로 연습해서 가족, 친구, 친지를 초대해 조촐한 매직퀸 마술 콘서트도 했다. 감사하게도 윤종덕 선생님, 안광선 님, 채영근 님, 황천성 님, 신청자 님 김민서, 오선홍, 서정진, 이재현, 이훈, 준형, 재상, 우인 등 많은 분이 와 주셨는데, 준형 어머니는 특별히 간식까지 준비해 주셨다.

콘서트 외에 소소한 봉사도 했다. 마술 봉사는 남을 위한 것이 아니라, 진정 나를 위한 것이다. 스스로 미리 연습할 기회를 가지게 되고 연습하면서 생기는 실수는 바로잡게 되고 좋은 생각이 떠오르기 때문에 봉사 공연 연습 덕분에 어제보다 나은 실력이 생긴다고 생각한다.

《Journal of Health and Social Behavior(건강한 사회적 행동 저널)》에 게재된 논문에 따르면 봉사활동 등 남을 위해 좋은 일을 할 경우 6가지 이로운 점이 있다고 한다.

1. 행복을 높인다
2. 삶에 만족한다
3. 자존감이 생긴다
4. 삶을 통제할 수 있다
5. 육체적으로 건강하다
6. 심리적으로 건강하다

KBS 생방송 〈아침마당〉 연말 특집에 봉사하는 사람들의 방송이 나왔다. 가수 하춘화 등 여러 가지 직업으로 봉사하시는 분들이 나오셨는데 나는 마술로 봉사하는 것으로 출연하게 되었다. 덕분에 KBS에도 가 보게 되었다.

매직퀸 활동을 하면서도 배움을 이어 갔다. 앙드레전 님은 아르헨티나 탱고를 전문적으로 하는 탱고 선생님이다. 그분에게 무대에서의 기본 동작인 걷기를 배웠다. 보기에는 멋지고 쉬워 보이는데, 익숙해지는 것은 어려웠다. 바르게 걷는 것 자체가 어려웠고 많은 연습과 시간이 필요했다.

강병수 마술사가 고맙게도 자신의 연습실에 언제든지 와서 연습하라고 해서, 주부이자 마술인으로 활동하는 천안의 윤은주, 수원의 껌봉이 이경복, 원주의 민경미, 포항의 박은희와 '매직맘'이라는 모임으로 어울리게 됐다. 이들과 콘서트를 보러 다니며 공부했다. 그때 당시엔 학원 외에 직접 사람에게 살아 있는 마술을 배울 수 있는 기회는 콘서트뿐이었다. 지금은 각자 개성 있게 자기만의 세계를 만들어 가며 열정적으로 활동하고 있다.

♣ 동부산대 매직엔터테인먼트과에 도전하다

마술을 DVD와 책으로 독학하는 데는 한계가 있었고 내 동작은 영상을 찍어서 봐도 언제나 어색했다. 그리고 연습할 때와 실제 무대에 섰을 때의 동작이 언제나 달랐는데 이유를 알 수가 없었다. 누군가의 도움이 필요한 시기였고 배움에도 목말라 있는 상황이었다. 자세, 걸음걸이, 시선, 동작, 표현, 의상, 테이블, 마술 기법 등등 알고 싶은 것들이 너무 많은데 기본이 없어서 답답하기만 했다.

마술을 전문적으로 공부하고 싶어서 남편에게 부산에 있는 마술 대학에 가고 싶다고 했더니 의외로 단번에 허락해 주어 그날부터 입학 준비를 했다. 입학에 필요한 서류와 모든 준비를 마치고 짐을 택배로 보낸 후 동부산대 매직엔터테인먼트과 11학번으로 입학하기 위하여 부산으로 향했다. 부산은 마술의 향기가 났다. 모든 것이 낯설어서 좋았다. 익숙한 것은 익숙한 대로, 새로운 것은 새로운 대로 좋았다. 마술을 공부한 지 10년이 된 쟁쟁한 실력파 친구도 있고 마술 입문자도 있고 전국에서 모인 마술학도들이 부산으로 모였다. 나같이 나이가 많은 만학도로 경찰을 정년퇴직한 선생님이 계셔서 좋았다. 마술에 미친 사람이 나만 있는 것이 아니구나 하는 생각이 들었다. 이십 대 후반 친구들도 몇 명 있었다. 마술을 좋아하는 사람들이 모인 공간에 속했다는 자체로 그곳은 내게 천국 그 자체였다.

무대 마술을 배우는 스테이지, 가까이서 보여 줄 수 있는 카드, 동전, 소도구 클로즈업 등등 마술 세미나가 있을 때만 부산에 와서 공부했는데 무려 2년이나 제대로 마술을 배울 수 있다니 꿈만 같았다. 스테이지는 재일교포이신 유지 야스다(안성우) 교수님이 수업하셨고, 클로즈업 수업은 마술사의 스승인 김현수 교수님이 진행하셨다. 어린이 마술의 대가 김원일 교수님의 수업도 들었다. 난해한 용어도, 어려운 동작도, 100번씩 연습해야 하는 숙제도 감사하고 행복할 뿐이었다.

2008년도인가 롯데월드에 가족들과 놀러 갔는데 우연히 야외에서 진행되는 마술 대회를 본 적이 있었다. 그때 야스다 교수님도 처음 뵈었는데 학교에 와서야 그분이 전설의 야스다 교수님인 줄 알게 되었다. 멀리서 신기하게만 보던 마술을 이젠 직접 배울 수 있다니! 그것도 우리나라 최고의 교수님들에게서 전문적으로 배울 수 있다니 꿈만 같았다. 하루하루가 행복했다.

EBS의 〈신나는 인생 5678〉에 늦깎이 도전자인 만학도로 출연하기도 했다. 딱 30분 나오는 건데 꼬박 일주일을 아침부터 취침 전까지 촬영했다. 부산에서, 서울에서, 병점에서 가족과 함께한 모든 시간을 찍었는데 가족에게 미안한 마음이 들었다. 아픈 기억을 다시 끄집어내면 또다시 아물 때까지 시간이 걸리게 된다. 방송에 나오는 것이 뭐가 대수라고 거절하지 못했는지…. 지금 이 글을 쓰는 것도 가족의 동의가 있었기에 가능한 일이었다.

대구에서 대구동성로전국마술대회가 열린다는 글을 학교 대자보에서 보고 출전했는데 상을 받는 것보다는 젊은 친구들과 무대에 섰다는 사실이 즐겁고 소중했다. 연습하는 하루하루가 즐겁고 행복했다. 연습하다 보면 어느새 새벽이 되어 내일, 아니 오늘 수업을 위해 억지 잠을 청할 때도 있었다. 그때가 사십 대 후반 젊을 때였다.

정체되다

♣ 우울증에 걸리다

꿈같은 마술 수업 1학년 1학기가 지난 후 남편의 반대가 심해져서 학업을 이어갈 수가 없게 되었다. 2년을 공부하고 졸업하리라 믿어 의심치 않았기에, 부산 구경도 다니지 않았는데 억울하기 그지없었다. 부산 둘레길도 걸어 다녀보고 싶고 좋아하는 바다도 실컷 보고 발가락이 아프도록 해수욕장의 모래사장을 걷고도 싶었지만, 남은 여름방학이나마 학교에서 보내고 싶은 마음에 부산 구경은 나중으로 미루기로 했다. 여름방학이 되어 다들 집으로 돌아가고 학교 식당과 기숙사는 문을 닫아서 연습은 교실에서 했고 생활은 유일하게 열려 있는 마술 동아리방, 비둘기방에서 했다. 동아리방은 모기 천국이어서 모기와 혈투를 벌이며 잠을 청했고 그것이 여의치 않을 땐 차에서 자기도 했다. 그래도 마술하는 것이 행복하기만 한 철없는 아줌마 만학도였다.

학업을 포기하게 되고 2학기 등록을 못 하게 되자 심한 우울증이 왔다. 그래도 꿈속에서는 학교 지하에서 살며 수업을 몰래 듣고 숙제도 하며 칭찬도 듣는 행복한 모범생으로 돌아갔다. 그렇게 허송세월했다.

♣ 두 번째 천사를 만나다

　신경정신과도 가 보고, 심리 상담도 받다가 한일장신대 심리학과 교수님을 소개받아서 치료받으러 다니게 되었다. 교수님이 나를 위해 봉사로 심리 치료를 해 주신다고 하였다. 두 번째 천사를 만난 것이다. 그저 감사할 뿐이다. 내가 받은 봉사는 다른 분에게 다시 베풀라는 말씀을 하셨다. 덕분에 몸과 마음이 회복되기 시작하였다. 그리고 서울에서 다시 매직퀸 활동을 시작했다.

　어린(?) 마술 스승과 나이 많은 학생의 모습을 담기 위해서 KBS 〈아름다운 사람들〉 촬영도 하였다. 5분인가 10분인가 나오는데 거의 3일을 찍은 것 같다.

　이 방송이 나가고 〈인간극장〉에서 연락이 왔지만, 〈아름다운 사람들〉 촬영으로 온 가족이 몸살을 앓아서 도저히 용기가 나지 않았다. 방송사는 참으로 매정하다. 현재의 내 모습만 찍어도 충분할 텐데도 굳이 지나간 힘든 이야기를 끄집어냈다. 혹시라도 다시 방송에 나가게 된다면 슬픈 사연이 있어서가 아니라 마술을 사랑하는 마술인으로서 나가고 싶고, '나는 마술로 이렇게 행복하게 꿈을 이루고 살고 있어요. 당신도 할 수 있으니 주저하지 마시고 도전하세요'라는 메시지를 담고 싶다.

　여기서 내가 좋아하는 이야기를 하나 소개해볼까 한다. '나는 절망하지 않는다'라는 이야기이다.

그녀는 뻐드렁니 때문에 놀림을 많이 당했다. 그녀가 8살 때 어머니는 돌아가셨고 그 이후에도 불행은 멈추지 않았는데, 그녀가 9살 때에는 남동생이 죽고 다음 해에는 아버지마저 세상을 떠났다. 원래 부유한 가정에서 태어났지만, 가족을 모두 잃고 혼자가 되어 버린 어린 소녀는 어렵게 학교에 다녀야 했다.

하지만 그녀는 자신의 인생을 비관하지 않고 어른이 되어 결혼하고 자식을 낳았다. 자식 중 한 명이 요절했을 때에도 그녀는 절망하지 않았다. '내가 사랑해 줘야 할 아이가 아직 다섯이나 있어.' 그녀의 남편이 아직 한창 젊은 39살의 나이에 하반신이 마비되어 휠체어를 타게 되었을 때도 그녀는 절망하지 않았다. 오히려 남편을 끝없이 독려하고 현명하게 내조하여 미국의 대통령으로 당선될 수 있도록 만들어 주었다. 그녀의 이름은 '안나 엘리너 루즈벨트', 미국 역사상 전무후무한 4선 대통령 프랭클린 멜러노 루즈벨트의 부인이며 미국이 가장 사랑하는 영부인이다.

당신의 좌절은 다른 사람이 만드는 것이 아니다. 당신의 절망은 다른 사람이 건네주는 것이 아니다. 우리 스스로 좌절과 절망을 만들지 않는다면 외부에서 달려드는 그 어떤 어려움도 우리를 굴복시킬 수 없다. 미래는 자신이 가진 꿈의 아름다움을 믿는 자의 것이다.

♣ 중국으로 가다

중국의 하문이라는 유명한 관광도시에서 아들인 사랑이가 1년간 어학 공부를 하게 된 적이 있다. '사랑이'는 나만 부르는 아들의 애칭이다. 아들은 그곳에서 아는 동생이 하던 식당 중 하나인 한식당을 일 년간 도와주었는데, 나중에는 직접 운영하고 싶다고 했다. 아들의 말에 한국 생활을 접고 중국 복건성의 복주에서 한식당을 하게 되었다. 복건성 인구가 1억이라는데 한국인은 20명 남짓해서 교류가 많다.

식당을 해도 마술을 완전히 놓은 건 아니었다. 가슴속엔 언제나 마술이 가득 차 있었다. 그래서 마술 도구 가방이 내게는 제일 소중한 보물이었다. 식당 앞에서 손님을 끌기 위해서 마술 공연을 하기도 했다. 식당 문 앞에 작은 포스터도 붙이고 식당 2층의 큰 홀에서 마술 공연도 하곤 했다. 300평이 되는 큰 식당을 아들 사랑이가 혼자 운영하기에 벅찼을 텐데, 묵묵히 힘든 내색 없이 잘 꾸려갔다. 인내심과 배려심이 넘치는 참으로 든든한 아이다.

나는 식당에서 한복 입고 홀을 돌며 "안녕하세요! 맛있게 드세요. 감사합니다"라는 인사만 하고 다녔다. 더 도움이 되지 못하는 게 미안했다. 그래도 아들은 중국말 한마디도 못하는 엄마지만 같이 있어 준 것만으로도 위로가 됐다고 한다. 철없는 엄마는 아들과 함께 있다는 것에 그저 행복했다.

아들 사랑이는 언제나 나의 든든한 후원자이고 지지자이고 치료자이기도 하다. 한류 덕분에 중국 사람들이 한국 사람과 한국어를 좋아해 주었다. 그럼에도 매달 1,000만 원의 적자가 났다. 결국 아들 사랑이는 비싼 수업료를 내고 사업이라는 걸 배운 셈이 됐다. 사랑이 인생의 값진 교훈이 되었으리라 생각한다.

얼마 전 아들이 독후감에 "재킷을 입고 오전 미팅, 점심 먹고 오후 미팅, 카페 가서 책 보고, 쓰고, 재킷 벗어 걸어 놓고 잠자리에 드는 시계추 같은 일상이 행복하다. 직장을 다니며 반복되는 일상이 행복하다"라고 적은 것을 보았다. 소소함에 행복을 느끼는 아들이 사랑스럽다.

중국에 있는 동안 인생에 큰 변화가 있었다. 현지 교민과 교리 공부하며 예수님이 나를 얼마나 사랑하는지를 알게 되었고, 민아 엄마의 전도로 예수님을 영접하게 되었다. 주님 덕에 식당을 정리하고 들어오게 되어 감사할 뿐이다.

♣ 만두 공장에 다니다

한국에 들어오니 들어가 살 집이 없어져 친정인 남원에서 지내다가 근처 만두 공장에 다니게 되었다. 하루 종일 서서 해야 해서 보통 고된 일이 아니었다. 주간반 10시간, 야간반 12시간으로 일주일간 교대로 일했는데, 야간에 일하시는 분들이 얼마나 힘든지 실감했다. 다리가 아파서 검사해 보니 무릎에 물이 차기 시작했다고 한다. 의사 선생님은 어떤 일을 하는지는 모르지만 그만두라고 하였다.

제2의 인생을
시작하다

♣ JL매직에 입성하다

그래서 다른 일을 찾게 되었다. 마술 관련 일을 하고 싶어서 마술 도구를 판매하는 '풍선 대통령'에 취직하였다. 풍선 대통령이라니 이름이 너무 정겹다. 지금은 상호가 바뀌어 'JL매직'이 되었다. JL이란 Jejus Light, 즉 '예수님의 빛'이라는 뜻이다. 택배라도 쌀까 하고 들어온 회사에서 일하게 해 주셔서 감사할 따름이다. 처음 하게 된 일은 '링투체인지'라는 마술 도구로 루틴을 만들어서 어른들에게 수업하는 것이었다. 순서를 만들어 음악에 맞추어 움직이는 노란 디스크 판을 빨강으로 바꾸는 간단한 마술이다.

빈 통에서 물건이 자꾸 나오는 통통통 마술, 평상복을 입고 나와서 마술로 산타가 되어 선물꾸러미에서 선물을 나눠주는 크리스마스 선물 마술, 반딧불을 잡는 반딧불 여행, 줄을 자르고 다시 붙고 매듭이 이동하는 로프 마술, 돈이 자꾸 나오는 부자의 꿈 마술, 옷이 바뀌는 마술, 비가 와도 걱정이 없는 우산 마술 등등….

나이 든 나에게도 일할 곳이 있다는 것과 해야 할 일이 있다는 것이 감사하고 행복한 일이다. 취미로 시작한 일이 직업으로 이어지니 언제나 감사할 뿐이다. 전 세계로 마술 도구를 판매하는 JL매직에 들어와서 제2의 인생을 살게 된 것이다.

즐겁게 수업을 준비하던 중, 고장 난 도구로 시험을 해 보다 쇠지팡이에 눈을 다치게 되어 병원 생활을 하게 되었다. 2번의 시술과 4번의 수술로 치료받는 동안에 마술 밴드 가족의 응원과 위로가 큰 힘이 되었다.

♣ 짐크(JIMC)를 만들다

전 세계 컨벤션을 다니면서 실버들의 활동이 활발해질 거라는 선견지명을 가진 이주용 고문 이사님이 만든 어른들만을 위한 특별한 마술 대회가 전주국제매직컨벤션 '짐크(JIMC)'였다. 허수미 차장님, 신연승 마술사님이 마술 대회를 준비하였고 내가 맡게 된 일은 전국의 어른들에게 마술 대회가 열린다고 연락하는 것이었다.

이 얼마나 신나는 일인가! 마술인에게 마술 이야기처럼 신나는 일이 있을까. 전국의 40세 이상 마술인들에게 마술 대회가 있다고 알리고 대회에 나오라고 권유하였다.

2014년 1회, 2016년 2회, 2019년 3회 대회가 열렸다. 짐크는 만 40

세 이상만 참여하는 마술 대회이다. 대회는 세 부분으로 이루어지는데, 만 40~55세의 주니어부, 만 56~99세의 시니어부, 40세 이상이면 출전할 수 있는 2분 액트다. 5년에서 10년 마술을 하신 분도, 이제 막 마술을 시작한 어른들도 출전할 수 있기 때문에, 마술을 잘하든 못하든 마술을 즐기는 사람이면 누구라도 같이 어울릴 수 있는 마술의 장이다.

이 대회에 출전하기 위해서 마술사들은 음악, 의상, 테이블 등을 이용하여 자기만의 독특한 방법으로 마술을 표현한다. 예로 미녀 해적, 마술사 집에서 청소하는 청소부, 하얀 가운을 입은 과학자, 하모니카를 불며 인생을 노래하는 꼬부랑 할아버지, 로프로 연출하는 보안관, 각설이, 흥부, 섹시한 미녀, 결혼 30주년을 기념해 다시 결혼식을 올리는 부부 등 다양한 모습으로 출연한다. 이들은 로프로 마술을 하며 자신의 인생을 이야기로 풀어나가기도 하고 카드, 볼, 꽃, 불, 비둘기, 지팡이와 같은 다양한 도구를 이용하여 개성 있고 창의적인 마술을 보여 주었다.

국제 대회인 만큼 일본인도 대회에 많이 출전했으며, 그랑프리를 수상한 출전자는 해외마술컨벤션의 출전권을 부여받고 일본에 가서 수상하는 쾌거를 이루었다.

디너 파티에는 남자들은 정장, 여자들은 한복이나 드레스를 입어야 하는 드레스 코드를 두어 베스트드레서상을 주었다. 모든 사람들이 뽑는 가장 영광스러운 피플초이스상도 있었다. 이날 하루만은 나이를 잊고 순수하고 수줍은 소년, 소녀가 되는 날이기도 했다.

3회부터는 대회에 출전하고 후원하는 분들이 한국청춘마술연합회를 만들어서 회장이 거주하는 지역에서 짐크를 만들어 가고 있다. 5회에는 차기 회장의 거주지에 따라 개최지가 달라질 것이다. 4회 대회는 회장 고삼식 님 지역인 거제에서 '짐크 인 거제'라는 이름으로 2019년 11월 22~23일 양일간 대회가 펼쳐졌다.

♣ 점프(JUMP)를 만들다

JL은 마술인들을 위한 JL만의 특별한 마술 파티인 점프(JUMP) 행사를 열고 있다.

2017년도에 시작된 점프는 벌써 28회가 되었다. JL매직 사이트에는 2,000개 이상의 마술 도구가 있다 보니, 마술을 처음 시작하는 분이나 어른들은 도구를 고르기가 쉽지 않다. 점프에서는 마술 연출도 볼 수 있고 마술을 하는 방법도 배울 수 있다. 필요한 도구를 사거나 마술 실력을 뽐내는 무대 역시 즐길 수 있다.

JL매직 공연장 무대는 점프에 오시는 마술사들에게 언제나 열려 있다.

더 많은 분들이 참여해 주시고 함께해 주셔서 더욱 빛나는 점프는 매번 많은 분들이 기억해 주시고 언제나 건강한 모습으로 참가해 주셔서 얼마나 감사한지 모른다. 200회, 300회까지 이어 나가면서 마술로 행복한 제2의 인생을 사는 점프 가족이길 바란다.

♣ 해외 실버 마술사와 교류를 꿈꾸다

우리나라도 지역마다 컨벤션이 있지만, 해외에도 우리나라 못지않게 지역마다 특색 있는 컨벤션이 많다. 마술컨벤션은 마술인들의 마음을 설레게 한다. 한국의 40세 이상 어른들을 모시고 일본, 대만, 홍콩, 중국 등의 컨벤션에 대회 출전도 하고 참관도 하며 외국의 실버 마술사들과 교류하길 꿈꾸고 있다. 이러한 노력의 일환으로 2020년 2월 29일부터 3월 1일까지 규슈 컨벤션을 열려고 했으나, 안타깝게도 코로나 바이러스로 인해 취소되었다. 다음에 다시 기회를 만들어서 해외의 실버 마술사들과 교류의 장을 마련할 수 있기를 기대해 본다.

♣ 앞으로 해야 할 일

내가 하는 일은 사람을 모으는 일이다. 그중 즐거운 일은 공연과 수업이다. 마술 지도자 과정 3급과 2급이 있는데 3급은 2달 과정 수업으로 마술을 맛보는 과정이다. 2급은 5개월 과정 수업으로 공연을 10~30분 정도 할 수 있을 정도의 수업을 받는다. 2급을 수료하면 학교, 복지관, 주민 센터, 대학 평생교육원에서 마술 수업을 할 수 있는 자격이 생긴다. 의외로 연세가 많으신 분들이 자격증을 취득하고 마술 수업을 하시며 인생 후반을 멋지게 사시고 계신다. 돈이 아닌 진정 마술로 즐겁고 행복하게 사시는 분이시다. 2급을 수료한 어른들이 마술 동아리를 만들어서 활동하고 계신다. 가장 사랑하는 반은 '행복을 꿈꾸는 마술반'이다. 8명이 한 반인데 반장은 매주 수업 때마다 냄비 밥을 하고 커피도 손수 내리면서 즐거운 시간을 보낸다.

반장 유철식 님을 비롯한 이희만 님, 최판순 님, 주길상 님, 이숙자 님, 허정희 님, 권미진 님. 이옥주 님. 이분들은 돈이 유일한 목적이 아니므로 더 즐겁고 인생이 풍요로울 거라고 생각한다.

마술 수업과 액트를 만들어서 공연이나 대회에 출전하는 것을 돕는 일이 내 역할이다. 제자 수낸시 소연희를 지도해 카드마술로 제 4회 짐크 프리미엄 부문에서 동상 및 4관왕 그리고 성남 대회에서 매직캣 특별상을 받았다. 앞으로도 많은 어른들이 마술로 새 인생을 사실 수 있도록 꾸준히 도와드리고 싶다.

♣ 모든 것에 감사하다

나는 참으로 운이 좋은 사람이다. 이주용 고문 이사님은 좋아하는 걸 직업으로 만들어 주신 분이다. 직장에서 "경희 누님" 하며 불러주셔서 언제나 눈뜨면 기분 좋게 회사에 출근한다.

600분의 '꽃보다 마술' 밴드 가족들은 항상 나를 사랑해 주고 응원해 준다.

책을 내자고 제안해 준 조동희 교수도 감사한 분이다. 내세울 것이 별로 없는데 합류하게 되어서 누가 되지 않을까 염려가 되기도 하고 함께 해줘서 고맙고 감사하다. '마술사 저자가 되다' 7인의 모임도 감사하고, 날마다 감사한 일 5가지를 적는다는 기홍 동생 덕분에 계속 미루기만 해 왔던 일기를 쓰기 시작한 지 백 일이 넘었다. 아직은 유치원생 수준이지만. 언젠가는 마음을 제대로 표현하고 생각을 조리 있게 쓰고 말할 수 있는 날이 오리라 믿는다.

마술을 시작한 10년 전에 이왕 하는 거 최고로 잘해 보자고 다짐했던 그 조그만 불씨가 언제나 가슴에 남아 있기에 쉬지 않으면 목표에 도달하리라 믿는다. 언제 도착하는가는 중요하지 않다. 얼마나 행복하게 목표까지 가는지가 더 중요하기에 아침에 일어나면 오늘 꼭 해야 할 소소한 것을 '습관의 완성' 밴드에 적어 놓고 표시하고 있다.

두 눈, 두 팔, 두 다리, 두 귀, 아직은 큰 문제 없어서 감사하다. 모든 것이 감사하다.

수요일

강혜원
마술사의 이야기

수업 일기

• 오늘의 수강생: 이채림
• 오늘의 멘토: 강혜원

 "여보세요. 네, 채림 선생님! 하하. 괜찮습니다. 아직 시
간이 있으니 천천히 오셔도 됩니다. 조심해서 오세요."
오늘 개별 수업을 하기로 한 수강생이 조금 늦는 모양이다.

약속 시간이 조금 지나긴 했지만, 왠지 밉지 않은 그녀이다. 어느
자리에서나 단번에 눈에 띌 만한 화려한 옷차림을 좋아하지만, 엉
뚱하고 순수한 마인드를 지닌 그녀는 아이들을 가르치는 학습지
선생님이다. 허스키한 목소리가 반전 매력이고 쉴 새 없이 말을 해
대는 통에 같이 있으면 정신이 혼미해질 정도이지만 말이다.

자기소개에서 그녀가 했던 말들을 떠올리며 피식 웃고 있는데 마
침 그녀가 나타났다.

"교수님, 너무 많이 늦었죠? 미안해요. 제가 좀 더 일찍 나왔어야
했는데, 오늘 아침부터…"

또 시작이다. 재빠르게 말을 끊으며 문을 열고 들어선다.

"괜찮습니다. 하지만 바로 올라가야 해요. 벌써 시작했을 거예요."

"정말요? 아, 빨리 가요. 근데 어디로 가야 돼요?"

"하하. 이쪽이에요. 오늘 강연은 4층입니다."

"그분은 마술을 하신 지가 얼마나 되셨어요? 잘하세요? 무슨 마술을 하세요?"

채림 씨는 엘리베이터를 타고 4층을 올라가는 그 짧은 시간에도 쉬지 않고 질문을 쏟아낸다.

음악 소리가 들리는 강의실에 뒷문을 열며 말했다.

"쉿. 시작했나 봅니다. 조용히 들어가서 뒤에 앉읍시다."

무대에서는 오늘 채림 씨와 함께 만나볼 강혜원 원장이 강연에 앞서서 마술 시범 공연을 진행하고 있다. 무대 위에서 화려한 손수건과 지팡이가 나올 때마다 사람들의 박수갈채를 받는 강혜원 원장을 보며 채림 씨는 연신 감탄사와 박수를 보내느라 정신이 없다.

한 시간 반 정도 강연을 마치고 우리는 대기실로 들어간다.

"채림 선생님. 우리 대기실로 갑시다. 지금 마술 공연이랑 강연하신 분 오늘 함께 만나실 거예요."

"교수님, 정말요? 와, 이분 우리가 따로 만날 수 있어요? 그래도 돼요? 떨리는데요!"

'똑똑똑.'

"강혜원 원장님, 저예요."

"어머나, 교수님! 오랜만이에요! 잘 지내셨어요? 어쩐 일이세요? 여기를 다 와 주시고. 같이 오신 분은 누구세요? 엄청 멋진 분이네요? 사모님은 아니신 거 같은데?"

"하하. 우리 와이프는 이렇게 화려한 옷차림을 좋아하지 않아요. 두 분 인사 나누세요. 이쪽은 마술사이면서 평생교육원을 운영하시는 강혜원 원장님, 그리고 이분은 아이들 학습지 선생님이신 이채림 선생님이에요."

"이채림 선생님 반가워요! 너무 이쁘고 멋지다!"

"원장님, 안녕하세요! 원장님이 훨씬 더 멋지고 이쁘신데요. 오늘 공연도 너무 좋았고, 강연은 더 좋았어요! 어쩌면 그렇게 제가 듣고 싶던 얘기를 해 주시는지 정말 감동이었어요."

원래 말이 많은 두 분이 함께 마주하고 앉으니 쉴 새 없이 말들이 오간다. 과연 이 두 분을 소개해 드리는 게 맞을까 하는 염려가 들 정도로 벌써부터 죽이 척척 맞는 분위기이다.

"강혜원 원장님, 제가 며칠 전에 전화로 말씀드렸던 분이 이분이에요. 결혼하시고 나서 쉬시면서 다시 사회생활을 시작하신 지가 얼마 안 되었어요. 의욕 충만하시고 매사에 열정적이고요. 제가 이분 보면서 예전에 강혜원 원장님 막 시작하실 때 모습 보는 듯한 착각이 들어서 이쪽으로 모시고 왔어요. 우리 채림 선생님이 원장님에게 물어보고 싶은 것이 많은가 봅니다."

"교수님도 참, 제가 무슨 그럴 자격이 되나요. 그냥 열심히 하는 거죠. 우리 채림 선생님도 교수님께 마술 배우기 시작하시는 거예요? 강력한 경쟁자가 되겠는걸요? 호호."

"채림 선생님, 우리 강혜원 원장님도 결혼하시고 전업주부 하시다가 나중에 다시 사회생활을 시작하셨어요. 얼마나 악바리이신지 몰라요. 자격증이 몇 개야? 하하."

시간

♣ 경력단절 주부 탈출 첫 번째 시도

오늘도 여전히 시간은 흐른다. 가을 하늘이 높고 햇살은 가을의 바람을 유혹하듯 따뜻하게 내리쮠다. 두근거리는 마음으로 노트북 가방을 메고 도서관으로 향한다.

과거의 흐름과 지금의 흐름에 대하여 글을 쓰는 것은 생각보다 많은 용기가 필요한 것 같다. 하지만 용기를 내어 지금까지 이어온 나의 '삶'에 대해서 풀어 써 볼 생각이다.

인생을 1에서 100까지라고 본다면 나의 삶은 경험의 양으로 보았을 때 아직 절반의 삶도 채우지 못한 셈이다. 살다 보면 새로운 것과 모르는 것을 자주 접한다는 느낌을 지울 수가 없다. 지금의 나를 만들기 위해 목마른 사람이 우물을 찾듯 배움을 갈구하는 이 마음은 도대체 어디서 오는 걸까?

『논어』「위정」 편에서 공자는 인간의 나이를 이렇게 풀어냈다.

- 15세: 지학(志學) → 진로를 선택하는 나이
- 20세: 약관(弱冠) → 독립하는 나이

- 30세: 이립(而立) → 책임지는 나이
- 40세: 불혹(不惑) → 원칙을 실천하는 나이
- 50세: 지천명(知天命) → 실패를 경험하고 성숙해지는 나이
- 60세: 이순(耳順) → 공감을 잘하는 나이
- 70세: 종심(從心所欲 不踰矩) → 하고 싶은 대로 해도 하늘의 뜻을 어기지 않는 나이

아는 것만 알고 모르는 것은 전혀 모르던 예전에는 짧은 소견을 바탕으로 서른이 되면 정말 무엇이라도 되어야 하고 무엇을 꼭 가져야 한다는 강박관념이 있었다.

하지만 그 무엇을 얻기 위한 노력의 결실은 별로 없었고, 결국은 이상과 너무 동떨어져 있는 나를 발견하였다. 서른 초반에 남편을 만나 가정을 꾸리고 두 명의 아이를 낳고, 남편이라는 울타리 안에서 가정을 돌보면서 정신없는 일상을 살아가고 있었다.

나도 한때는 나름대로 유명한 강사였고 열정적인 여자였는데. 대학 졸업 후 아이들을 가르치는 데에 관심이 있어서 학습지 교사로 입사한 후 7년간 근무했었다. 사랑과 관심 속에서 아이들이 성장하는 모습을 볼 때마다 가슴 뿌듯함을 느꼈고 그러한 감동 속에서 꾸준히 도전하는 하루하루를 살았다. 그러면서 2002년에는 최우수교사상도 받고 2007년에는 아동미술가로 우수교사상까지 받았었다. 하지만 지금은 그저 한 명의 주부가 되어 있을 뿐이었다.

서른까지의 삶에서는 모든 것의 초점이 나 자신보다 가정에 맞추어져 있었다. 가정이라는 울타리 속에서 나를 찾는 과정은 잘 이루어지고 있었는지 생각해 보았다. 난 계속 무엇인가 나의 일을 찾아야 한다는 생각 속에서 육아를 하고 자격증을 따며 지속적으로 나라는 존재를 잊지 않으려고 한 것 같다. 취미라고 하기보다는 무엇인가를 해야 한다는 맘이 더 강하게 다가온 듯하다. 그렇게 가정이라는 울타리 속에서 세월을 보내다 어느 순간 고개를 들어보니 마흔의 나이가 손을 흔들고 있었다.

30세를 이립(而立), 즉 책임지는 나이라고 한다. 이립이라는 말 그대로 가정이라는 틀 안에서 삶을 찾는 것이 아니라, 나 자신의 발전과 가정을 함께 책임지는 삶을 살고 싶었다. 돈이 아닌 나를 찾는 방법을 알고 싶었다.

결혼 후 여자의 서른이라는 나이는 인생의 마지막 종착점이자 마지노선같이 여겨졌다, 결혼 후 무엇을 잃어버린 것처럼 TV에서 화려한 직장 생활과 자기 자신을 꾸미며 즐겁게 살아가는 여성들을 보면 저기 저 먼 우주 속 별나라 이야기를 듣는 것 같은 기분이 들었다. 나도 한때는 저랬던 적이 있었는데.

그래서 무작정 배우기를 시작했다. 여성 발명 지도사, 과학 발명 지도사, 아동미술실기 지도사, 동화 구연 지도사, 그림책 지도사, 스토리텔링 지도사, 사회복지사 2급 자격증, 다매체 NIE 2급 지도자, POP(평면)공예교육 지도사, POP(입체)공예교육 지도사, 풍선교육 지도사, 종이접기 방과 후 강사, 페이스페인팅 지도사, 미술치료 자격증 임상 수련증, 인성 지도사, 학교폭력예방 지도사, 진로코칭 지도사, 심리상담사, 마술교육 지도사 1급, 발명마술사 1급, 동화마 술사 1급, 어린이청소년체험마술사 1급, 청소년지도사 2급, 평생교 육사 2급, 하브루타지도사 2급 등등. 다양한 자격증을 30개 이상 취득하고 평생교육 관련 교육(마을축제기획 과정, 마을리더 과정 등) 등 나를 찾는 일련의 노력을 계속하였다.

자격증을 취득하여 봉사자가 필요한 곳이면 늘 한결같이 시간을 내어 달려갔다. 얽매이지 않고 할 수 있고 내가 누군가와 소통하고 있다는 것에 만족해야 했다. 그냥 사람이 좋았고 그곳에서 나를 찾 고 뭔가 일을 할 수 있기를 바랐지만, 그 자리는 늘 나의 자리가 아 니었다.

열정이 많은 내가 누군가에게는 경쟁의 대상인 듯했다. 그때 자 원봉사마술전문가 과정을 접하게 되었다. 달서구청 주민생활 지원 과에서 주관하는 달서구 자원봉사전문가 과정이었다.

풍선, 페이스페인팅, 마술 등을 배워 자원봉사 현장에서 봉사하 는 역할을 하는 재주꾼을 양성하는 것이었다.

양성 과정 중 모든 강의를 들었는데, 마술을 처음 접한 나에게는 특별한 울림과 설렘을 주었다. 그때는 둘째가 태어나기도 전이었다.

동화 구연으로 열심히 봉사하던 그 시기에 무슨 용기였는지 마 술을 배운 것을 활용해 스토리텔링 마술극을 만들어 동화구연 강사 선생님과 1년간 도서관 행사를 했다. 관객이 나만 보고 관심 가져 주는 것만으로도 행복한 봉사였다.

자원봉사라서 돈을 받지 않았다. 부담 없이 즐기면서 할 수 있기에 그냥 무대에 서게 해 주는 것만으로도 감사했다. 나의 첫 외출은 그때가 시작이었다.

실력 없는 나에게는 연습이 바로 봉사였기에 부르는 곳마다 무작정 차도 없이 택시나 버스를 타고 다니며 봉사를 했다. 그 당시에는 마술이라는 것 자체가 비밀주의였기 때문에 일반인이 접하고 배우기에는 어려움이 많았다. 그래서 마술을 더 배우기 위해서 카페에서 마술을 가르쳐 주며 숍을 운영하는 분에게 고가의 교습비를 내고 개인 교습으로 배우기 시작했다. 넉넉하지 않은 형편이었지만 남편은 내가 하는 일에 대해 이유도 묻지 않고 지원해 주었다. 지금 생각하니 열정이 많은 내 모습에 두 손 두 발 다 들었는지도 모르겠다. 말수가 없는 남편의 마음을 읽어내기가 힘들지만, 지금의 내가 당당히 있을 수 있게 해 준 남편에게 감사하다.

도구를 사고 마술을 배우기 위해 마술 방과 후 교사라도 하며 활동비를 벌고 싶었다. 그때 둘째가 생겼다. 바쁜 일상이었고 아이가 생길 것이라 생각을 못 했지만 행복했다. 남들은 이제야 일을 하려고 하는데 아이가 들어서서 시기가 안 좋다고 했지만, 난 아이를 너무 좋아하고 우리 첫째에게는 동생이 꼭 있어야 한다는 생각은 늘 하고 있었다. 둘째는 어렵게 가진 것이라 너무나 기뻤다. 아이는 하나님이 주신 선물과도 같은 것이었다.

임신 중에도 차를 운전하지 않고 걸어 다니며 강의를 하다가, 임신 6개월 무렵에 돌부리에 걸렸다. 그때 배 속 둘째를 지키려 넘어지지 않으려다 발가락이 골절돼 한 달 반 동안 깁스하였다. 그렇게 잠시 쉬는 동안 많은 생각을 했다. 늘 무엇인가를 찾아다니다 보니 태아에게는 참으로 이기적인 엄마일지도 모른다는 생각을 했지만, 엄마의 노력은 훗날 아이에게 자랑스러운 일의 하나가 될 것이라고 스스로 위안하며 배움과 강의를 쉬지 않고 진행하였다.

이때 모든 것을 그만두었다면 지금의 나는 없었을 것이다. 모태 신앙을 가진 남편이 그 당시 내 모습을 보며 둘째 아이를 출산할 때까지 매일 촛불을 켜고 묵주 기도를 한 것을 나중에 알았다. 말수가 없는 남편이지만 나와 자식을 생각하고 가족을 아끼는 마음은 이 사람의 전부일 것이다.

예전에 『시크릿』이라는 책을 읽은 적이 있다. 책 내용 중 유인력의 법칙(Law of Atraction), 미래의 꿈을 위해 우리가 집중하고 에너지를 부여하면 그것은 현실 속으로 끌어당겨 우리의 삶 속과 마음으로 끌어당겨진다는 내용이 생각났다. 언제나 피그말리온 효과처럼 나의 꿈이 이루어질 것이라고 늘 나 자신에게 주문을 걸었다.

출산 후에도 나를 찾기 위한 마음과 일에 대한 열망은 늘 변함이 없었다. 출산 후 한 달 만에 아기 바구니에 아이를 데리고 다니며 평생교육 마을리더 과정을 듣고, 마술 숍에도 둘째를 업고 다녔다. 잠시 쉬는 사이 젖을 먹이면서도 늘 쉬지 않고 열정적으로 다녔던 것 같다.

그때로 다시 돌아가라고 해도 한결같은 마음으로 최선을 다할 것이다.

♣ 어제보다 중요한 건 현재

인생과 삶의 출발점에 따라 나의 꿈의 방향은 달라질 수 있다고 믿는다. 이왕이면 삶의 흐름과 시간 속에 치열하고 열정적으로 시작하게 된 지점을 잘 찾아내었으면 좋겠다. 난 그 지점을 둘째 출산과 동시에 찾은 듯하다. 열정적으로 삶을 살아가기 위한 동기와 결과는 언제든지 내 곁에 같이 숨 쉬고 있다.

세상의 모든 사람들은 각자의 고민과 선택 후 결과와 결론의 시곗바늘이 항상 오른쪽 방향으로 가는 것처럼 진리의 법칙인 것 같다. 고민의 선택으로 과거 시간은 여전히 지나간 시간일 뿐이라고 생각한다. 다만 본인이 과거의 시곗바늘만 쳐다보는 늪에 빠져 헤어날 줄 모른다면, 시곗바늘이 고장 나는 것처럼 인생은 언제나 멈추어 버릴 것이다. 인생의 시간은 앞으로 더 많은 일들이 기다리고 있기에 어떻게 하면 지혜롭게 헤쳐 갈 것인지에 대해서는 자신만이 해답을 가지고 있으리라 생각한다. 나는 자원봉사마술전문가 과정을 통해 마술을 배우며 단기 목표를 설정했다. 그것은 강사였다. '반드시 내가 저 자리의 강사가 될 것이다.'

현재의 나는 달서구 자원봉사 마술전문가 과정의 전임강사로 7년째 강의를 진행하고 있다. 여기에 오기까지 참으로 열정을 가지고 온 듯하다. 갓난아이를 키우며 일을 하기 위해 끊임없이 시간을 쪼개 가며 노력했다. 봉사로 달려온 인생 속에서 내가 가장 즐기는 현재 직업의 첫 단추를 끼웠다.

나는 지금 성장하고 있다. 원하는 단기 목표에 도달하였지만 스스로의 관점에서 감히 성공했다고 이야기할 수 있을까? 길가는 사람들을 붙잡고 아무에게나 성공과 성장의 차이가 무엇이냐고 질문을 던지면 어떤 대답이 나올까? 각자 많은 이들은 이론과 철학의 범주 안에서 여러 의견을 제시하겠지만, 역사의 시간과 과거의 유명인들을 되짚어 보면 결국 인생의 목표는 꼭짓점을 향해 계속 걸어갈 것이냐, 아니냐의 선택으로 결정된다. 나는 아직도 성장해야 하기에 성공한 것이 아닌 것이다. 앞으로도 성공을 위해 끊임없이 성장할 것이다. 계속 멈추지 않고 걸어가 보면 언젠간 내 삶의 정점의 다다를 수 있지 않을까?

삶의 가치는 어떻게 보느냐에 따라 달라질 수 있다. 나 스스로 이런 위치에 오기까지 많은 일이 있었으나, 그중 가장 인생에서 특별하고 소중한 경험이 있다. 몇 년간 일의 방향을 잡지 못할 시기에 누군가의 제안으로 사회봉사 활동을 시작하였다. 대구 내 봉사 시설 및 병원, 어린이집, 요양원 등을 한 몇 년간은 이곳저곳 돌아다니며 봉사 활동을 하였다. 활동을 하면서 느끼지 못한 감정을 느꼈고 마음속 깊은 곳에서 우러나온 사람들의 다양성과 절망적인 모습, 모든 상황을 겸허한 자세로 받아들이는 자세와 이기심과 자만의 허물이 벗겨지는 것 같은 인간애를 배우기 시작하였다. 외부의 상황을 보고 느끼며 생각했던 것을 현실에서 느낀 점을 아이디어로 적용시켜 현재의 '나'로 만든 것이다. 이 글을 쓰면서 느끼는 점은 과거에서 벗어나, 모든 것이 그대로라 할지라도 맘먹고 조금이라도 자신을 외부 세상에 던져 겨울잠에서 깨어나 사실을 깨달을 수 있다면 현재는 인생에서 가장 고마운 선물인 것은 분명하다.

♣ 너도 늙어

육아를 병행하며 마술 강사로 일할 때 달서구 평생교육과 컨설팅 위원으로 7년간 마을을 다니며 다양한 프로그램을 접하게 됐다.

희망학습마을 및 보조금 지원 단체 사업 운영 지원, 프로그램 모니터링 및 컨설팅 및 학습자 상담, 구 평생학습 사업 홍보, 설문조사 등이었다. 다양한 프로그램에 다양한 연령층이 프로그램에 참여하고 있었다.

늘 즐거운 마술을 즐기면서 오랫동안 하는 방법이 없을까? 늘 고민하는 부분이었다. 당시는 마술 공연은 젊은 사람만 하는 시대였다.

이십 대 초반 프로 마술사들이 마술사로 입문하기 위해 스태프로 일하며 공연하였는데 주부는 거의 없었다. 주부가 마술을 할 수 있는 곳은 방과 후 마술 강사뿐이었다. 나도 이십 대로 돌아간다면 무대에서 멋지게 할 수 있을 텐데.

내가 가장 잘하는 것을 생각해 보았다. 아이들을 가르치는 학습지 교사, 교육팀장, 학원 강사로서의 내 모습이 떠올랐다. 교육의 현장에 늘 있었기에 아이들과 소통하고 가르치는 일에는 누구보다 자신 있었다.

평생교육사로 여러 프로그램 컨설팅을 접하는 동안 나이 들어도 할 수 있는 마술 프로그램을 기획하고 싶었다. 젊은 사람들만 할 수 있거나 남자들만 할 수 있는 마술이 아닌 주부들만의 마술 공연 교육과 강의 콘텐츠를 개발하고 싶었다. 누구나 늙는다는 사실을 잊는다. 나 또한 그러하다. 나만 늙어 가는 것이 아니기에 모두의 숙제를 기획하고 싶었다. 내가 기획한 강의를 찾는 곳이 많아졌다. 학교 방과 후 수업 신청 대기자가 너무 많아 일주일이 7일인 것이 아쉬울 정도였다. 그러나, 나이 들어도 지금처럼 일을 할 수 있을까 싶었다.

어느 책 제목에서 본 듯하다. 서른이 되면 정말 무엇이라도 되어 있을 줄 알았다는 말. 마흔이 넘어서 계속 나이 들어가는 것을 서글퍼하며 쉰이 되고, 예순이 된다. 이러한 고민은 워킹 맘이라면 모두들 가지는 것이기도 하다.

영화 〈은교〉를 본 적이 있다. 〈은교〉는 젊음과 늙음, 그리고 그 속에 숨어 있는 인간의 욕구와 심리를 잘 나타낸 영화이다. 자신의 작품으로 이상 문학상을 받는 젊은 제자에게 이적요는 이렇게 말한다.

"너의 젊음이 너의 노력에 대한 상이 아니듯이, 나의 늙음 또한 나의 잘못에 대한 벌이 아니다."

시곗바늘은 항상 돌고 있다. 인간의 삶과 역사가 시간의 흐름 따라 탄생과 죽음을 경험하는 것은 지극히 정상적인 현상이다. 중년의 삶이 흘러 노년의 삶을 받아들여 스스로의 삶의 즐거움을 찾고 만들어 가는 것이 중요하지 않을까?

우리는 모두 늙음을 향하여 가고 있다. 영국의 시인 필립스의 말처럼 사람은 나이를 먹는 것이 아니라 포도주처럼 익는 것이다.

탄생과 죽음, 이 모든 것은 이름만 다를 뿐 같은 선상에서 이루어지는 시간의 흐름이다. 다만 운명의 바늘이 과거의 망령에 사로

잡혀 있지 않도록 계속 현실 속에서 미래를 향한 튼튼하고 강한 바퀴를 제작하는 것이 중요하지 않을까 생각한다.

사람

♣ 어둠 속의 빛을 보다

시간은 하늘이 사람에게 준 것 중에 가장 공평한 것이기에, 시간이 나는 대로 늘 배우고자 노력했다. 그러나 왜 배워야 하는지 모른 채 무작정 배움을 놓지 않았다. 문화 강좌와 자격증 취득 과정 등 배움이 있는 곳이면 언제든지 시간을 쪼개어 달려갔다. 아마도 나 스스로에 대한 확신은 배움에서 나온다는 생각에 사로잡혀 있었는지도 모르겠다.

그러는 와중에 계속 평생교육과 컨설팅 위원 활동 봉사를 하면서 구청과 주민의 중간자 역할을 하는 동안 다양한 사람을 만났다. 또한, 자원봉사 마술전문가 과정 전임 강사를 하면서 사람들과 소통하는 것에 즐거움을 느꼈다.

그렇게 늘 열정적으로 활동하면서 수업을 요청하는 기관들이 점점 늘어났다. 마술 강사도 하고 여성 발명 강사로 활동하고, 종이접기 강사, 동화 구연뿐만 아니라 컨설팅 활동도 하고 자원봉사 활동도 하면서 나의 모든 역량을 강사 활동에 쏟았다. 하지만 늘 바쁜 일정을 마치고 집으로 돌아오면 뭔가 모를 허전함과 공허함이 있었다.

그러던 중 한 분이 나에게 조언을 해 주셨다.

"선생님은 정말 잘하는 게 뭐예요? 필요 없는 건 좀 가지치기를 하고 뭔가 남들과 다른 것으로 차별화해 보시는 것은 어떨까요?"

그분의 이야기를 듣고 고민이 시작되었다. '나는 과연 무엇을 잘하지? 내가 지금 하고자 하는 것이 무엇이지? 가장 즐겁게 하는 강사 활동이 무엇이지?' 그러한 물음을 마음속으로 되풀이하기 시작하면서, 매사에 행동부터 먼저 하던 내가 그 질문 이후로는 일을 행할 때 신중하게 생각하게 되었다.

그 이후로 여러 프로그램을 컨설팅하다가 아이디어가 떠올랐다. 그것은 발명 마술로, 오랜 기간 아이들을 가르친 경험을 바탕으로 2016년 지역평생교육 활성화 사업에 도전장을 내기로 한 것이었다. 나만의 노하우를 바탕으로 프로그램을 기획하고 콘텐츠를 개발하는 교육발명마술연구원이라는 기관을 만들었다. 이는 그 누구도 시도하지 않았던 전국 최초의 발명마술지도사 양성 과정이었다. 발명의 원리를 적용하여 마술 도구가 만들어지는 원리를 찾고 새로운 이론을 정립했다.

교육발명마술연구원에 대한 반응은 대단했다. 그리고 당당히 지역 평생교육활성화사업 중 학습형 일자리 창출 사업으로 선정되었다. 그 이후 창의융합교육의 새로운 패러다임을 찾기 위해 동화 마술, 어린이·청소년 체험 마술, 동화 마술 교구 놀이 프로그램 등

2016년부터 매년 마술의 새로운 컬래버레이션 교육 프로그램을 개발하였다. 지금도 열정적으로 노력하는 연구원의 원장이자 평생교육 프로그램의 기획자로서 늘 자부심을 느낀다.

또한, 달서구청 평생교육사와 청소년 지도사, 희망 학습마을의 컨설팅 위원 7년 차로 지금은 현장의 소리를 잘 전달하는 컨설턴트 가운데 가장 오랜 경력의 선배 역할을 하고 있다. 이러한 열정의 결과로 2016년 제3회 서울 매직컨벤션 대회에서 최고의 마술 지도사 상과 교사상을 받았다.

2016년과 2018년에 지역평생교육 활성화 사업 우수 프로그램으로 선정되는 결실도 있었다. 현재는 대구교육대학원 교육 과정과 수업컨설팅 학과에서 논문을 준비하고 있다.

조용한 학교 독서실에서 앉아 전공 서적을 읽고 쓰고 정리하면서 여기까지 올 수 있도록 도와주신 분들이 문득 생각난다. 특히 선택과 고민을 안고 가야 할 방향을 모르고 있을 때 길을 잃지 않도록 나침반처럼 많은 자문을 해 주신 달서구청 평생교육 담당 주무관님과 도움 주신 주변 사람들에게 감사한 마음이 크다. 그분들께서 주신 조언과 도움을 생각해 보면 모든 일은 사람과 마음 관계에서 만들어지며, 성공과 실패 또한 사람의 뜻에서 만들어진다는 것을 알게 된다.

♣ 사람 때문에 상처받지 마

그동안 자원봉사 교육마술 전문가(제주꾼) 양성과정 전담 강사로 7년째 강의를 하며 발명마술봉사단을 만들어 봉사자들이 강의만 듣고 끝나는 것이 아니라 계속 발전할 수 있도록 지속적으로 사후 관리를 해 오고 있다.

사무실에서 동아리별로 동아리 스터디를 할 수 있도록 무료로 지원하고 있다. 그리고 나 또한 동아리별로 학습을 지원하여 지속 가능한 교육이 될 수 있도록 돕고 있다.

썸 매직, 럽 매직, 락 매직, 동화 매직, 드림 매직, 스토리 매직, 편 매직 등 각 동아리도 지속적으로 지원하고 있다. 강사 활동을 원하는 동아리 회원분들에게는 내가 하고 있는 마을 축제, 부스 운영, 도서관·어린이집·학교 수업 등을 함께 할 기회를 제공해 드렸다.

하지만 각기 다른 환경과 생각을 가진 분들을 대하다 보면 때로는 상처를 받기도 하며 때로는 나의 부족함으로 인해 상처를 주기도 한다. 상대방의 부족함에 대해 비난하고 욕하기는 쉽다. 하지만 나 자신의 부족함을 돌아보는 것은 어렵다. 남의 부족함에 혹독하고 나의 부족함에 너그러움이 없었는지 생각한다. 지나고 나면 매번 일보다는 사람 관계에서 상처를 입는다.

군자는 바른 성정을 회복함으로써 뜻을 조화롭게 하고, 좋은 무리를 따라서 그 행실을 이룬다. 간시한 소리와 마음을 어지럽히는 색을 눈과 귀에 머물게 하지 않고, 음란한 음악과 사특한 예를 마음에 접하지 않도록 한다.

게으르고 교만하며 간사하고 편벽된 기운을 신체에 베풀지 않도록 하고, 이목구비와 마음과 온몸을 다해 올바른 길을 따라서 의로움을 행한다.

- 『예기』「악기」

남들이 주는 상처가 눈과 마음을 흐리게 만들지 않았을까? 사람이 살아가는데 언제나 사랑과 칭찬을 받을 수 있겠는가? 남들의 좋은 말과 칭찬의 목소리를 듣고 싶어 하는 건 모든 인류의 희망과 유토피아적 사상이 아니겠는가? 하지만, 현실에서는 오히려 내 눈과 마음을 어둡게 만들고 자만에 빠질 수 있다고 생각한다. 다른 타인에게 좋지 못한 쓴소리를 듣더라도 그럴 만한 이유가 있겠구나 하고 조금의 여유를 갖는 게 어떨까 생각한다.

사랑

♣ 마술처럼 사랑할 때

나는 언제나 사랑받기를 원하며 살아왔다. 그리고 관심받기를 원하며 일해 왔다.

어렸을 때부터 나는 아버지의 사랑을 많이 받았다. 그래서 여고 입학을 앞둔 중학교 3학년 추운 겨울에 아버지가 심장마비로 돌아가셔서 큰 충격을 받았다. 중학교 3학년 때까지 독서실에서 공부할 때나 시험 기간이 되면 항상 같이 밤을 새워 가며 함께해 주셨고 어머니보다 요리를 잘하셔서 항상 맛있는 음식을 만들어 주신 아버지.

나는 아버지가 돌아가시고 난 후 그 빈자리를 항상 다른 무언가로 채우려고 노력해 온 것 같다. 지금에 와서 생각하니 늘 쉼 없이 열정적으로 살아온 이유가 바로 아버지의 부재 때문이었던 것 같다.

사랑에 눈을 뜨면 사랑에 눈이 먼다는 말을 책에서 읽었다. 나는 마술이라는 직업을 접하고 난 이후 지금까지 눈이 먼 것 같다. 마술에 대한 열정을 가지고 노력해 오고 있고 사랑해 오고 있다. 이러한 열정을 앞으로의 기획으로까지 이어가고 싶다.

사랑에 빠질 것 같고 마치 '마술'과도 같은 행복한 지역 축제를 만들어 나가고 싶다. 마술이라는 특별한 소재 선점을 통해 성공한 대구 지역 축제를 만들고 그것이 지속 가능하게 하여 우리 지역만의 차별성을 가지도록 하고 싶다.

누구나 한 번쯤은 마술처럼 놀라운 세상을 상상하거나 마술처럼 사랑이 이루어지길 꿈꾸어 보았을 것이다. 나는 발명 마술, 동화 마술, 어린이·청소년 체험 마술을 기획하고 강의하면서 생긴 소원이 있다. 그것은 내가 사는 지역을 마술로 차별화하여 해리포터 마술 학교와 해리포터 마술 축제를 만드는 것이다. 이 책이 출판되어 누군가가 읽고 있을 즈음에는 어쩌면 난 해리포터 마술 학교와 해리포터 마술 축제를 진행하고 있을지도 모른다.

♣ 사랑을 간절히 원하듯

학교에서 아이들을 가르치는 강사로서 경력단절 여성의 일자리 창출 사업의 일환으로 사업을 진행하며 매년 새로운 아이템을 개발하기 위해 고민하였다.

일하면서 받는 스트레스는 별로 없는 편이었는데, 마술에 미쳐서 마술을 즐기고 마술을 통해 새로운 창의융합적 교육 아이템을 발굴하고 개발하는 일을 즐기고 있기에 가능한 일이 아니었을까 생각한다. 일을 하고 있다는 그 자체로도 행복하고 일로 인해 고민하고 있다는 것만으로도 행복하다.

사랑의 매개체를 너무 크고 너무 먼 곳에서 찾지 말자. 항상 삶의 목적과 방향을 함께 갈 수 있는 자와 미래의 간절함을 들어 주고 이해해 주는 이가 바로 가족이며, 목표 안에 가족이 함께한다고 믿는 게 중요하지 않을까 생각한다.

소망

♣ 정점을 찾고 새로운 것을 몽상해

대학 졸업 후 아이들을 가르치는 것에 큰 관심이 있어 웅진 씽크
빅 교사로 처음 입사를 하여 7년간 근무하였다. 사랑과 관심 속에
아이들이 변화되는 모습을 볼 때 가장 뿌듯함을 느끼며 그 속에서
행복한 나를 발견하고 그것이 큰 감동과 도전이 되었다.

교육 중 아이들에게 취미로 배우던 마술을 보여 주니 친근함과
소통의 효과가 향상되는 것을 발견하였다. 교사는 끊임없이 배우고
연구하며 노력을 해야 한다는 신념으로 다양한 영역을 배움으로써
교육에 대한 포괄적이고 객관적인 교사의 시각을 가지게 되었다.
그래서 좀 더 나은 교육을 위해 숭실사이버대 평생교육학과에 편입
학하여 청소년 지도와 방법 등 교육학적 이론을 확립하고 이를 수
업에 접목하기 위해 노력하였고, 서울디지털대학교에서는 평생교육
공부와 실습을 통해 평생교육사 자격증을 취득하며 늘 노력하는
교사의 자세를 견지하였다.

취미로 보여 주던 마술 교육 속에서 아이들이 마술에 집중하면

서 그 속에 있는 과학적이고 수학적인 원리를 쉽고 재미있게 받아들이는 것을 보고 마술의 큰 장점을 발견하게 되었다. 그동안 다양한 분야의 연구와 학습을 통한 경험을 마술에 접목하여 교육을 하니 교육의 질이 더욱 높아지는 것을 발견하였고, 그때부터는 본격적으로 재미있게 배울 수 있는 단계별, 유형별 교육 마술을 연구하였다.

다양한 경험을 토대로 개발한 교육 발명 마술은 기존의 단순한 해법과 원리 공개의 마술이 아니라, 체험하고 사고하고 창의력을 향상시키는 효과와 수동적인 아이가 능동적으로 변화되는 행동 치료, 심리 치료와 호기심 자극 발명 마술의 전환점이 될 것이라 확신을 가지게 되었다. 나는 이를 바탕으로 오랜 기간 아이들을 가르친 경험을 바탕으로 지금까지 개발한 발명 마술, 동화 마술, 어린이 청소년 체험 마술뿐 아니라 전국의 마술 콘텐츠를 모아 콘텐츠 교육 집합체인 해리포터 마을 마술 학교와 해리포터 마술 축제를 만들 것이다.

해리포터 마을 마술 학교와 해리포터 마술 축제, 대구 달서구에서만 볼 수 있는 축제! 상상만 해도 짜릿하다. 오랫동안 상상만 해왔던 일이 현실이 되리라 믿으며 새로운 몽상을 해 본다.

♣ 재미있게 사는 소망을 갖자

오늘과 내일 사이의 경계 안에는 무엇이 있을까? 바로 지금이다. 어제는 이미 과거의 시간이며 그 시간 속에 빠져 산다면 지금의 현실은 너무 지루하고 재미가 없을 것이다. 언제나 미래가 있고 내일이라는 시간이 있으니 즐거움을 조금이라도 찾으려고 애쓰는 것은 아닐까?

그래서 나는 재미있게 사는 소망을 갖고 있다. 아이들이 놀이터에서 노는 것은 그것 자체로 배움의 장이다. 놀이터에서 아이들은 학교에서도 가르쳐 주지 않는 인생을 배운다. 홀로 그네를 타며 독립성을, 구름다리를 타며 용기를, 소꿉놀이를 하며 나눔을 배운다.

아이들이 놀이터에서 인생을 배우듯, 행복한 마술 놀이터에서도 우리 아이들이 행복하게 재미있게 사는 소망을 갖길 기대한다.

나는 오늘도 나의 소망을 되새기며 책상에 붙여 놓은 글을 읽어 본다.

"해리포터 마을 발명 마술 학교와 해리포터 발명 마술 축제를 준비하자. 아자!"

정기홍
마술사의 이야기

- 오늘의 수강생: 한세일
- 오늘의 멘토: 정기홍

"교수님 안녕하세요."

그냥 쳐다만 봐도 뭔가 재미있고 씩씩해 보이는 앳된 청년이 문을 열고 들어오며 인사를 한다. 우리 수강생 중에 제일 막내 한세일 씨다.

"응, 어서 와요! 잘 지냈어요?"

"그냥 그렇죠, 뭐. 맨날 똑같아요. 학교 가고, 친구들하고 놀고 그러죠."

"요즘 젊은 친구들은 뭐 하고 놀아요? 하하. 한창 재미있을 시기 아닌가요?"

"뭐 맨날 똑같죠. 술 먹고 클럽 가고 당구장도 가고 여자 친구 만나고 뭐 다 그래요. 근데 저는 딱히 여자 친구도 없고 그런 거에 별로 흥미가 없어요. 돈 벌고 싶거든요."

"하하. 학교 잘 다니고 졸업하고 취업하고 뭐 그러면 되지요. 입

학한 지 얼마나 됐다고 벌써 돈 벌 생각을 해요? 열심히 공부해야
지!"

"공부는 열심히 합니다. 하지만 빨리 학교 졸업해서 취업하고 돈
을 벌고 싶습니다."

요즘 보기 드문 기특한 학생이다. 집안 형편이 넉넉해 보이지도
않고, 시간이 남아도는 것 같지도 않은데 무슨 이유로 마술을 배워
보려고 하는지는 모르겠지만 하나라도 더 가르쳐주고 싶은 수강생
이다.

"자, 그럼 시작해 봅시다."

수업을 시작하고 한 시간 정도 지났을까, 보영 씨가 들어온다.

'똑똑똑.'

"교수님, 손님 오셨는데요."

"손님이요? 누구요? 이쪽으로 들어오시라고 해 주세요. 세일 씨
우리 잠깐 쉬었다 합시다."

"네, 교수님."

잠시 후 후덕한 인상의 정기홍 마술사가 문을 열고 들어오며 인
사를 건넨다.

"교수님, 안녕하세요. 정기홍입니다."

"아, 선생님 안녕하세요! 오랜만입니다. 어쩐 일이세요?"

"아, 근처에 특강 수업이 있어서 왔다가 잠깐 들렀어요. 교수님 뵌

지도 오래됐고 해서요."

"아, 그러셨구나. 잘 오셨어요. 여기는 우리 수강생이에요. 한세일 씨입니다. 세일 씨, 이쪽은 정기홍 마술사님이에요."

"안녕하세요! 처음 뵙겠습니다. 정기홍입니다!"

"안녕하세요. 한세일입니다."

정기홍 마술사가 부러운 듯 말을 건넨다.

"와, 교수님한테 개인 교습 받는 거예요? 부러운데요?"

"우리 세일 씨가 참 열심히 합니다. 알고 싶은 것도 많고요. 훌륭한 청년입니다."

"우리 잠깐 앉아서 차 한잔 할까요?"

"세일 씨, 우리 정기홍 마술사님은 참 성실한 삶을 살고 계신 분이에요. 정기홍 선생님, 우리 세일 씨를 위해서 뭔가 삶에 도움이 될 만한 얘기를 부탁드려도 될까요?"

인생의 무대에 서기

♣ 화려한 무대에 선 아저씨

40분 공연을 위한 준비 기간 3개월. 가로 5미터, 세로 2미터의 단상, 천장엔 조명 5개, 바닥엔 5구 LED 라이트, 강력한 사운드 스피커 4개와 우퍼 스피커가 있는 무대.

화려한 금박 실로 자수된 화려한 연미복을 입고 탑햇(Top Hat) 모자를 쓰고 무대에 선다. 매주 토요일 5시 사전홍보 공연과 7시 본 공연이다. 나는 입장곡이 흐르면 설레는 마음과 기분 좋은 긴장감을 가지고 환상의 세계로 나와 관객만이 존재하는 공간으로 들어간다. 최고의 순간이다. 행복하다.

나는 어린이 관객 60명과 동행한 어른 10여 명, 그렇게 70여 명의 관객 앞에서 오롯이 80여 분을 진지하거나 웃기는 공감하는 마술을 하는 마술사이다.

마술을 10년 넘게 업으로 삼고 있는 나이지만, 이 공연을 위해서 3개월 동안 마술 도구를 준비하고 리폼해서 만들고, 매일 2시간씩 연습하고 수정하고 음악 맞추고 동영상을 촬영해서 다시 수정하면서 완성된 렉처를 만들어 갔다. 그렇게 준비한 마술 공연 장비와 도구들을 챙겨서 출발했다. 일산에서 포천 베어스타운 리조트까지 승용차로 1시간 50여 분이 걸린다. 아침 8시에 일어나 짐 꾸리고 준비해서 점심을 먹고 2시에는 출발해야 한다.

도착한 후에는 5시 사전 공연을 위해 최대한 빠른 속도로 세팅해야 한다.

창고에 넣어 놓은 마술 도구들을 꺼내 와서 무대를 세팅한다. 테이블을 조립하고 도브베니싱 마술 도구를 올려놓고, 비둘기 상태를 확인한다. 캐리어를 열어서 꺼낸 도구를 순서에 맞추어 테이블에 세팅한다. 오디오 장치를 연결하고 무선 마이크가 작동되는지 확인한다. 그리고 메인 음향 장치에 연결해서 조정한다. 모든 마술 도구가 있어야 할 자리에 있어야만 한다.

지정된 장소에 있지 않거나 작동되지 않는 경우가 있는데 그 상황을 대비해서 B안과 C안을 준비해 놓는다. 한 가지 마술을 선보이기 위해서는 많은 시간과 자금과 노력이 있어야만 한다.

무대 전면엔 그림을 걸어 마법의 성처럼 신기한 분위기를 만들고 입장하는 관객들이 망토와 모자를 쓰게 해서 마치 해리포터의 마법 학교 같은 분위기에서 마술 공연을 한다.

마이크를 켜고 인사말이 나오면 시작이다. 나는 이것이 너무 좋다. 지금 이 순간이 행복하다. 이 순간, 이 공간이 계속되길 원한다. 나와 관객만이 존재하는 마법 같은 공간. 관객과의 호흡, 교감, 환호, 박수, 그리고 초집중.

시작이 있으면 끝이 있는 것처럼 조명이 꺼지고 마술이 끝나면 관객들이 나간다. 발이 아파 구두를 벗고 맨발로 무대 위의 도구들을 정리하기 시작한다. 공중부양 장치를 해체해서 박스에 넣고 깃발을 정리하고, 정리하고, 정리한다. 대형 캐리어에 차곡차곡 넣기 시작한다. 최대한의 공간을 활용하기 위해서 정리하고 넣는 순서가 있다. 나름의 정리하는 방법이 있어서 다른 이에게 맡기지 못하고 오롯이 나 혼자 정리한다. 베어스타운 리조트 14층 중연회장에서 밤 10시 30분에 대형 캐리어 하나와 대나무 피크닉 바구니를 들고 나온다.

몸에서는 땀 냄새가 나고 눈 밑엔 다크서클이 내려앉아 있지만 마주 잡은 손에는 따스함이 있고, 서로를 바라보는 눈빛에는 기쁨이 있다. 여행객이라고 하기에는 입고 있는 옷이 예사롭지 않다. 편한 바지에 헐렁한 티셔츠를 입은 투숙객도 아니다.

매주 토요일 5시에 사전 공연, 7시에 본 공연하는 마술사 부부다. 대형 캐리어에는 80분간 진행할 마술 공연 도구가 들어 있고 피크닉 바구니엔 함께 공연하는 4마리의 염주비둘기가 들어 있다.

51세, 50세 중년의 부부는 21살에 만나 사귀고 연애하고 결혼해서 30년째 사랑하며 살고 있다. 그 누가 인생은 아름답다 했는가? 천만의 말씀이다. 인생을 역경과 고난의 연속이다. 그 속에서 즐거움을 찾고 의미를 찾고 견뎌내야만 한다. 80여 분간 펼쳐지는 마술 무대는 많은 시간적, 물리적 준비와 정신 무장을 하지 않고는 감당할 수 없다. 하물며 인생의 무대는 어떠랴. 더더욱 말할 것이 없다.

지금부터 지난 이야기를 하고자 한다.

경농, 진미식품, 대덕바이오, 진미식품 대리점, 기독백화점, 사임당 식품을 거쳐 유비코리아에서 직장 생활을 끝내고 지인 창고 한편에 있는 사무실에서 더부살이를 시작하였다.

3개월간의 실업급여로 생활하게 되었다. 실업급여를 받기 위해서는 취업 활동을 해야 하는데 취업 사이트와 길거리 정보지의 구인광고를 보고 이력서를 작성해서 이메일을 보내고 면접을 계속 보아야 했다. 갈 수 있는 회사는 별로 없고 경력과는 무관한 직장을 찾다가 보니 실망이 컸다. 지독한 늪에 빠져서 조급한 마음과 두려움 때문에 주변을 둘러볼 생각도 시도도 할 수 없었다. 그럴수록 냉철하게 현실을 보고 나를 인정해야만 했다. 나의 상황과 현실 파악이 중요했다. 그때부터 다시 시작할 수 있다.

지나온 날들을 곱씹으며 '그때 이렇게 할걸 그랬어. 그래 그때 저렇게 했으면 지금처럼 되지 않았을 거야'라고 후회해 봐야 소용없다. 지나간 일은 다시 되돌릴 수 없다. 자책만 하고 회피만 한다고 해서 될 일이 아니다.

아내가 자신이 하고 있던 마술을 가르치는 일을 같이 해 보자고 제안했다. 하지만 알량한 자존심이 앞서서 거절했지만, 아내가 수업하는 걸 도와준다는 것을 빌미로 못 이기는 척 아내의 차를 몰고 마술 도구가 든 가방을 들고 아내의 수업을 보러 갔다.

집에서 헐렁하고 무릎 나온 체육복 바지에 축 늘어진 티셔츠를 입고 지내던 아내가 아닌, 검정 바지에 흰색 블라우스에 몸에 잘 맞는 검정 재킷을 입고 마술을 가르치는 카리스마 있는 아내의 모습이 너무 아름다웠다.

인생의 무대에서 새로 나기

♣ 준비된 사람만이 기회를 잡을 수 있다

2018년 10월 어느 날 조동희 교수님이 찾아왔다.

"대표님, 제가 공연마켓이라는 회사를 설립할 건데 같이하시죠."

취지를 들어 보니 흥미가 생겼다. 교수님은 그동안 자신이 가르친 어린 마술사들이 설 자리가 없는 걸 보고 왜 그런지 고민을 했는데, 공연 금액의 문제인 걸 알게 됐단다. 그동안은 마술 공연을 하시는 분들이 공연 프로그램에 따라 명확하게 정해 놓은 금액이 없이 그때그때 공연을 원하는 고객의 니즈에 맞추어 준다고 했었는데, 그러다 보니 제대로 대우도 못 받고, 마술 공연 금액이 너무 떨어질 뿐 아니라, 공연을 의뢰하시는 고객분들도 얼마짜리 공연인지 정확히 알지 못하는 실정이었다. 그러니 공연을 기획하시는 분이 방문해서 정해진 금액과 상품을 쇼핑하듯이 골라 담을 수 있는 플랫폼을 만들자는 것이었다. 그렇게 되면 공연자와 공연 의뢰자 모두 만족할 수 있는 거래를 할 수 있을 것이고 공연 시장을 더욱 활성화할 수 있을 테니 말이다. 교수님은 나에게 이를 위한 회사를 같이 만들어 나가자는 제의를 하신 것이었다.

그 당시에 우리 회사는 양성해서 같이 수업하던 강사 중 여러 명이 독립해 나가기도 하였고, 학교와 계약은 했지만 학생들이 모집되지 않아 부득이하게 마술을 접어야 하는 상황이었다. 처음에는 떠나가는 강사분들이 원망스럽기도 하고 그러한 과정에서 서로 상처를 주는 경우도 있었다. 그리고 떠나가는 강사들을 원망하기만 하다 보니 새로운 강사분들을 양성하고 키우는 회사가 성장 동력을 잃어버리게 되어서, 결국 아내와 둘이 수업하는 것이 전부인 상태였다. 마술을 하면서 스스로 행복하다고 생각하며 지내 온 10년의 시간과 열정과 희망이 무너지고 있었기에 떠나간 강사들이 원망스럽기만 하였다.

나이가 50세가 넘어가면서 학교 방과 후 강사로 활동할 수 있는 기간이 얼마 남지 않았다는 위기의식을 느끼고 있을 무렵이었다. 새로운 사업을 한다는 것이 얼마나 힘들고 변화한다는 것이 얼마나 어려운지 절감했으며, 실패하면 안 된다는 절박함과 준비가 되어 있지 않은 미래에 대한 걱정까지 겹쳐서 두렵기만 하던 때였다. 그나마 여러 마술사에게 배워온 얼마 되지 않는 공연 마술 액트를 가지고 1년에 서너 번 공연하는 아마추어 수준의 마술사였다. 미래가 준비되어 있지 않아서 두려웠는지도 모른다.

그렇게 지내던 차에 베어스타운 스키장에서 정기 공연을 하는 마법 학교 프로그램을 제안하고 성사시켜서 계획한다고 했다. 경기 북부 지역이니 내가 맡아서 해 줘야 한다는 것이었다. 마술 공연

40분에 마술 체험 40분으로 총 1시간 20분의 프로그램인데 같이 하자는 제안을 받게 된 것이다. 나는 길게 생각하지 않고 답했다. "네, 할게요." 거침없는 나의 대답에 옆에서 듣고 있던 아내가 깜짝 놀랐다고 한다.

회의를 마치고 집에 오는 길에 아내가 물었다.

"당신 어떻게 하려고 그래? 마술 체험 진행은 당신이 잘할 수 있는 걸 아는데 공연 40분은 어떻게 할 건데? 무슨 배짱으로 그렇게 자신 있게 대답한 거야?"

"나, 하고 싶고 할 수 있을 것 같아."

그동안 매주 다른 마술 도구를 가지고 수업해야 하는 특성상 1년에 50개 이상의 마술 도구를 수업용으로 개발하고 연습해서 수업에 적용해 왔다. 그렇게 강사용 수업 노하우를 체득했고 체크 포인트를 만들어 커리큘럼을 짜는 일을 10년간 반복해 온 것이다. 그동안 마술 세미나가 열리면 찾아가고 마술 도구 가게에서 새로운 마술 도구를 보면 배우는 일이 일상이 되어 있었다. 그리고 어떤 마술을 수업에 적용할지, 어떻게 하면 쉽게 가르칠 수 있을지를 고민하면서 관객과 호흡하면서 같이 마술을 해 나가는 공연용 마술 도구들도 사서 연습해 왔다. 이렇게 준비해 온 과정이 없었다면 이 기회도 잡지 못했을 것이다.

♣ 연습만이 살길이다

마술 공연 40분 중에서 관객을 불러내서 하는 마술 도구는 많았고 또 자신 있기도 했다. 문제는 스테이지 마술 20분이었다. 이 시간 동안 관객을 만족시키고 회사 담당자와 임직원들을 만족시킬 수 있는 공연을 해야만 했다. 그래서 교수님에게 사실대로 이야기하고 공연 준비할 시간을 갖고 연습하기 시작했다.

그동안 여러 선배 마술사들에게 돈을 주고 배운 마술들을 적어가면서 연습하고 연습했지만 교수님 앞에서 마술을 선보이자니 매우 떨렸다. 교수님이 날씬할 때 입었던 마술 연미복을 마술 도구 중고장터에 판매한다는 SNS를 보고 바로 전화해서 그 마술 연미복을 사기로 했다. 연미복을 직접 들고 오신 교수님께서 그동안 연습한 마술을 보자고 하셔서 어색하고 실수투성이인 마술을 보여 드렸다.

교수님은 마술을 다 보고 나서 물었다.

"이곳에 이 마술은 어울리지 않아요. 내가 하는 건데 이걸 넣지요. 그리고 무엇보다 비둘기가 없으니 기대치에 미치지 못해요. 비둘기 마술을 합시다. 할 줄 알지요?"

"다른 마술사에게 부탁해서 비둘기를 다뤄본 적이 있고요. 간단한 마술 도구를 통해서 나오는 법은 알고 있어요."

교수님은 안 쓰는 사육장에 비둘기 한 쌍을 넣어 오셔서 비둘기

사육하는 법과 함께 비둘기 마술을 할 수 있는 도구들과 사용법, 제스처와 연습하는 방법까지 자세히 알려 주었다. 그렇게 연습에 연습을 거듭하였고, 매주 토요일 포천으로 1시간 30분 운전해 가서 배우고 연습하고 다시 피드백 받으면서 2개월간 하루 2시간 이상 연습하고 준비하였다. 마술 도구도 바꾸고 테이블도 만들면서 틀을 만들어 갔다.

그러던 와중에 교수님이 말했다.

"다음 주엔 스테이지 마술을 준비해서 공연하세요. 나머지 소통하는 마술은 내가 할게요. 마법 체험도 준비하시고 진행해 보세요."

그다음 주가 되어 나는 소통하는 마술을 진행하였고, 마술 도구 체험을 돌아가면서 할 수 있게 도와주었다. 교수님은 내가 3월 첫째 주부터 단독 공연을 할 수 있도록 연습시켰고, 마지막엔 비둘기가 토끼로 바뀌는 마술 도구도 선물로 주었다.

마술을 배우고 사업을 시작하면서 많은 마술 선배들을 만났다. 하지만 교수님처럼 날 가르쳐 주시고 이끌어 주신 분은 없다. 물론 다른 선배 마술사들도 내가 준비되어 있었다면 더 많은 것을 알려 주셨을 거라고 믿는다. 그 당시엔 내가 그 정도의 마술을 배울 수준이었다는 걸 시간이 지난 다음에 깨달았지만, 너무 비싸게 주고 배운 마술도 많았다.

준비되어 있을 때 기회가 찾아오면 성공할 수 있다. 만약 준비되어 있지 않다면 고수를 만났을 때 적극적으로 찾아가 매달려라. 내

절실함이 전달되면 그는 더 많은 것을 줄 준비가 되어 있더라.

♣ 새로운 마음가짐으로 만나기

베어스타운 마법 학교는 매주 토요일 저녁 5시 로비에서 사전 홍보를 하고, 7시에 본 공연을 한다. 매주 정기 공연을 하는데 한 회, 한 회 공연을 할 때마다 달랐다. 관객이 다르고 호응이 다르고 상황도 달랐으며, 내 마음가짐도 달랐다.

세팅된 객석과 무대의 현수막을 펼치고, 마술 도구들과 조명, 음향 장치들을 준비해 놓고 관객이 입장하기를 기다리면서 아내와 손을 잡고 기도하였다. 오늘 여기에 오는 관객들과 행복한 시간이 되기를, 또한 사고 없이 안전하게 진행되기를, 실수하지 않고 준비된 순서대로 진행되기를 바라는 기도였다.

돌발 상황은 매주 발생하였다. 공연 중에 비둘기가 관객들의 머리 위로 날아가 천장 가까운 곳에 앉아 버렸던 일도 있었고 마술 도구의 세팅이 풀려서 2분 30초간 공연을 못 하게 됐을 땐 머리가 텅 비면서 아무 생각도 안 나기도 했다. 그뿐만 아니라 연회팀에서 세팅하고 나갔는데 갑자기 음향이 작동되지 않아서 공연 5분 전에 보조 스피커로 대처하기도 했고, 잘 작동하던 무선 이어셋 마이크가 잡음과 함께 꺼져서 유선 마이크를 들고 삼각대를 찾는 상황도 생겼으며, 마술은 시작됐는데 갑자기 음향의 볼륨이 작아지기도 하고, 아이들을 앞으로 불러내서 같이 공연하던 와중 아이들이 "으앙" 하고 울어 버리기도 했다. 예상하지 못한 상황들이 수없이 발생하였다. 그럴 때마다 대안을 찾고 대처하는 능력과 경험치가 쌓였다.

예전에는 '실패했네. 그럼 그렇지. 난 이런 사람인가 봐'라고 자책하면서 포기하는 경우가 대부분이었다. 하지만 지금은 플랜 A, B 정도는 가지고 간다. 예비 음향 시스템을 준비해서 바로 대처할 수 있도록 준비하고, 무선 마이크도 2세트 준비해 놓는다. 마술도 2가지 정도는 바로 할 수 있도록 준비해 놓는다.

예전과는 마음가짐이 달라진 것이다. 관객이 지불한 돈의 가치를 망가뜨릴 수 없으니 볼거리와 즐거움을 선사해야만 한다. 난 실패할 수 있다. 그렇지만 실패해도 대처할 수 있는 플랜 B가 있으니 당황하지 않고 공연의 일부로 받아들이도록 연출하게 된다.

인생의 무대에서 즐기기

♣ 다른 관점: 미스 디렉션

마술의 기술 중에서 가장 중요한 것은 바로 미스 디렉션일 것이다. 나는 이것이 마술의 80% 이상일 것으로 생각한다. 관객의 눈, 즉 관심을 오른쪽으로 돌리고 관객이 오른손에 주목하는 동안 왼손으로 다음 동작을 준비하는 것이다.

인생의 무대에서도 살아온 시간만큼 크고 작은 일들이 많았다. 누구나 실패하거나 후회되거나 힘든 일들이 있다. 그럴 때마다 다른 관점으로 봐야만 한다. 인생은 원래 힘든 것이다. 실패한 사람만이 성공할 수 있다. 후회하지만 말고 다시 해 보자. 우리가 부모를 선택할 수는 없다. 금수저, 흙수저를 선택할 수는 없는 것이다. 그럼 무엇을 선택할 수 있는가? 힘들다고 포기할 것인가, 아니면 극복하고 다시 도전할 것인가는 내가 선택할 수 있다. 선택한 일에 최선을 다하면 된다.

♣ 상황 판단: 나타나고 사라지고 바꾸기

마술을 하다 보면 타이밍에 맞는 효과를 연기했을 때 가장 호응이 좋다. 무대에서 다음 마술은 비둘기 마술인데 스카프에서 나타나는 연기를 할까, 아니면 주머니에 넣어서 사라지게 만드는 연기를 할까, 아니면 상자 속에 넣어서 토끼로 바뀌는 마술을 할까를 고민할 때가 많다. 어떤 선택을 해야 후회 없는 선택이 될까? 이를 위해서는 현재 상황을 정확히 알아야 한다. 현재 상황을 정확히 알기 위해서는 정확히 보아야 한다. 헬렌 켈러는 하루만 눈 뜰 수 있다면 무엇을 하고 싶은지 묻는 질문에 대학 총장이 되어서 '보는 법'을 필수 과목에 넣어서 가르치고 싶다고 했다. 앞을 못 보는 헬렌 켈러가 보는 법을 강조하고 있다.

지금은 확장할 때인가, 내실을 기할 때인가, 조직을 갖추고 실력을 늘릴 때인가, 공격적으로 행사할 때인가? 판단이 정확해야 바른 결정을 할 수 있다.

♣ 관계 맺기: 아이 콘택트와 긴 호흡

공연을 잘하고 싶으면 공연을 하는 목적이 무엇인가를 정확히 알아야 한다. 일방적으로 보여 주기만 하는 마술은 이젠 설 자리가 없다. 그렇다면 관객들은 무엇을 바라고 이곳에 들어오는가를 알아야 한다. 상황에 따라 여러 가지가 있을 수 있다. 마술을 정말로 좋아해서 보고 싶어서 왔거나, 엄마 아빠의 강요에 의해서 왔거나, 무료한 시간을 때우기 위해 왔거나, 호기심에 왔을 것이다.

그럼 어떤 공연이 잘하는 공연일까? 신기한 마술을 많이 보여 주는 마술 쇼일까, 아니면 화려한 마술은 아니더라도 관객과 소통하면서 호흡을 맞추며 관객의 눈높이에서 진행하는 마술 쇼일까? 관객의 입장에 따라 다르겠지만, 화려한 마술과 기교를 보여 주면서 관객과 소통하지 않고 마술사 자신만 만족하는 마술 쇼는 좋은 공연이 아니라고 감히 생각한다.

관객과 같은 눈높이에서 관객 한 사람, 한 사람을 바라보면서 같이 호흡하며 공연을 진행하면 더 좋은 공연이 될 것이다. 나도 초반에는 마술하는 순서를 정해 놓고 쉴 틈 없이 다음 마술을 보여 주는 것에만 집중한 나머지 나만의 공연을 진행했던 적이 많았다. 그러면 어김없이 '마술은 시시하지만 아이들은 초집중해요'라는 리뷰가 있었다. 내 공연 전체를 동영상으로 찍어서 보면 그런 모습이 보였다. 관객은 안중에도 없고 오로지 순서를 지키기 급급한 모습만 보여 주다가 끝나 버렸다.

　인생의 무대에서도 주변 사람들과의 관계 형성이 먼저이다. 비즈니스 관계로 만나더라도 사람과 사람의 만남인지라 관계 형성이 먼저 되지 않으면 좋은 상담이 될 수도 없고 결과도 나오지 않는다. 눈을 맞추고 경청하고 집중해야만 친해질 수 있다. 좋은 관계가 형성되어야만 좋은 제품이 인정을 받는 것이다.

인생의 무대는
리허설이 없다

♣ 후회 없이 내려오는 법

공연이 끝나고 나면 순식간에 사람들이 빠져나간다. 그러고 나면 적막이 흐르는 무대, 널브러져 있는 마술 도구들과 꽃가루만이 남는다. 그리고 허탈, 안도, 행복, 후회 등등의 감정들이 복받쳐 올라온다. 그날 공연의 상황에 따라서 감정이 다르다. 잘 진행되고 관객의 호응도 좋은 날에는 피곤치도 않다. 하지만 매끄러운 진행이 되지 않거나 실수한 마술이 있거나 관객의 호응이 부족한 날에는 후회와 자책이 따른다. 반성의 시간이 없다면 발전할 수 없다. 하지만 후회와 자책의 정도가 심하면 다음 공연에 좋지 않은 영향을 미친다.

시간을 다시 되돌릴 수는 없지만 그런 상황은 반드시 온다. 그렇다면 다음번에는 어떻게 대처할 것인가? 개선해야 할 것은 무엇이고 빼고 더해야 하는 것은 무엇인지 정확히 보아야 한다. 그래야만 다음 무대를 준비할 수 있다. 실수할 수 있다. 그렇지만 실수가 반복되지 않도록 노력해야 한다. 그래야 다음 무대에서 후회 없이 내려올 수 있다.

인생도 마찬가지이다. 실수할 수도 있다. 왜? 인간이니까! 실수했다고 내일을 포기할 수는 없는 일 아닌가. 포기하지 말고 당당하자.

♣ 공연 후 정리는 새로운 공연의 시작

어느 날 김포교육청 담당 선생님에게서 급한 전화가 왔다.

"마술사님, 이번 주 토요일 10시부터 12시까지 공연하고 특강 가능할지요?"

"그럼요. 가능해요."

"프랜대디'[1] 프로그램이어서 대상은 아빠랑 아이들이에요."

12시에 끝나면 정리하고 준비해서 2시에 다음 일정을 위해 출발할 수 있겠다는 생각에 수락하였다. 당일은 오프닝 공연도 잘 끝나고 특강 수업도 잘 끝나서 담당자와 같이 시원한 메밀국수로 시원하게 점심을 먹고 회사로 돌아왔다. 그런데 마술 도구를 세팅하다 보니 마지막 엔딩과 연결하는 가장 중요한 마술 도구가 없는 것을 발견하였다. 차와 사무실을 이 잡듯이 뒤지고 찾아봐도 없었다. 큰일이다. 대체할 마술 도구가 없을뿐더러 그 액트를 빼면 엔딩이 바람 빠진 풍선처럼 시시하게 끝나 버린다.

---

1)　　프렌드(Friend)와 대디(Daddy)의 합성어. 친구 같은 아버지를 뜻하는 신조어이다.

기억을 되돌려보니 전 공연장에 놓고 온 것이 생각났다. 이젠 시간과의 싸움이다. 전 공연장에는 아무도 없을 것 같아 담당자에게 전화하니 아무도 없다는 것이다. 큰일이다. 지금 바로 출발하더라도 도구를 찾아서 다음 공연장까지 가려면 시간이 빠듯한데 담당자도 현장에 없는 상황이다. 그래서 담당자에게 양해를 구하고 마술 도구를 전달받을 방법이 있는지를 알아봐 달라고 부탁하였다. 오토바이 퀵 역시 통화가 잘 안 되어서 어렵게 섭외해서 보냈다. 잠시 후에 담당자에게서 연락이 왔는데 근처에 사는 직원분에게 부탁해서 꺼내 준단다. 그제야 한숨을 쉬고 다시 짐 정리를 시작했다.

그런데 이건 또 무슨 일인가? 신문지를 이용하는 마술 도구가 물에 젖어서 사용할 수 없을 정도로 되어 있는 게 아닌가? 원래는 마술이 끝나고 물이 빠지도록 엎어놓아야 했는데 그냥 테이블에 방치한 것이다. 끝나고 정리하려고 했다가 바로 특강 수업이 진행되는 바람에 그냥 놓아두었나 보다. 다시 만들어야 하는데 시간이 필요한 작업이라 금방 만들어지지는 않는다. 그날 이후 공연이 끝나면 곧바로 다음 공연의 시작을 준비하는 버릇이 생겼다.

인생의 무대에서도 마찬가지이다. 초등학교 6학년 아이들을 가르치다 보면 11월, 12월이 되면 정말 군대 말년 병장을 보는 것처럼 거드름을 피우고 있다. 몇 개월 후에는 중학교 1학년이 된다는 것을 모르고 있는 것처럼 말이다. 물론 초등학교에서는 어느 누구보다도 더 익숙하고 신체적으로 발육되어 덩치도 커지는 시기이기도 하지만 말이다. 회사에서 해고 통지서를 받았다면 그 회사에서 해고당한 것이지 인생에서 해고당한 것이 아니다. 당신의 능력과 역할이 맞는 회사는 얼마든지 있다. 준비되지 않은 사람만이 정리를 못하는 것이다. 만약 준비되어 있다면 새로운 회사를 찾아보면 되고 개인 사업을 시작해도 되는 것이다. 끝은 새로운 시작이다. 자만하지 말고 포기하지도 말고 새로운 시작을 위한 일들을 해야만 한다.

♣ 자기 결박하기

초등학교에 다닐 때 방학 숙제에서 빠지지 않는 것이 일기 쓰기였다. 그때는 매번 '일기(日記)'를 '월기(月記)' 수준으로 미뤄서 쓰면서 몇 월 며칠에 날씨는 어땠는지 무슨 일이 있었는지 생각이 나지 않아서, 하지도 않은 선행을 했다고 하고 동생과 싸웠다고도 하고 누나들과 재미나게 놀기도 했다는 이야기를 꾸며서 쓰기도 했다. 왜 일기를 쓰게 해서 이렇게 귀찮게 만드는가 하는 생각을 했다.

스테이지 마술을 공부하면서 꼭 하는 일이 있다. 일기 쓰기다. 오늘 배운 것을 복기하지 않으면 자꾸 까먹게 된다. 생각이 날 듯하면서도 생각이 나지 않는다. 그래서 다이어리에 메모를 적기 시작했다. 그러던 중에 다니던 교회의 담임목사님께서 감사 일기를 쓰고 나누는 캠페인을 시작했다. 감사 일기는 또 다른 감사를 낳는다는 것을 알게 된 계기이다. 혼자만 쓰는 것이 아니라 소공동체에서 채팅방을 만들어 나누게 하셨다. 혼자 쓸 때보다 더 좋은 에너지가 나왔다. 처음엔 막막한 상태에서 매일 10가지씩 나누던 것이 며칠이 지나자 반복되는 일상으로 인해 더 이상 쓸 스토리가 없었다. 그럼 스토리를 만들고 실천해 보자는 생각이 들었다.

1가지 행동을 100일간 해 보자는 생각으로 간헐적 단식을 시작했다. 17시간 공복을 유지하기만 하면 되니 실천하기도 쉬웠다. '12시부터 시작해 7시 사이엔 일반 식사를 한다. 7시 이후부터 다음 날 오전 12시까지 물 외에는 먹지 않는다.' 간헐적 단식 1일 차라고 쓰고, 다음날에 2일 차, 그다음 날엔 3일 차, 이렇게 75일 차까지 했더니 몸무게가 -7.5kg이 빠졌다. 그냥 감사 일기 한 줄을 채우려고 한 결심이 눈으로 보이는 결과물을 만들어 냈다. 자연스럽게 자기 결박이 되었다. 또 다른 습관을 붙이고 싶어서 하루에 분량을 정해 책 읽기를 시작했다. 책 읽기를 1일 차부터 시작해서 75일 차까지 했더니 책 4권을 읽게 되었다. 그냥 일기 쓰고 나눈 것뿐인데 말이다.

작심하고 3일을 하면 결심이 되고, 3달을 계속하면 습관이 되고, 3년이 계속하면 삶이 변한다는 말이 있다. 해 보자. 돌아보고 나누다 보면 삶이 바뀔 것이다.

황보현
마술사의 이야기

> - 오늘의 수강생: 한성란
> - 오늘의 멘토: 황보현

 "자, 성란 씨. 이 지팡이를 잡을 때는 이렇게 손가락을 이용해서 끝을 꼭 잡아야 해요. 우리 다시 한 번 해 봅시다!"

"선생님, 분명히 알고 있었는데 자꾸 잊어버려요. 저는 마술에 재능이 없나 봐요."

"처음에는 누구나 다 그래요. 더군다나 이제 막 마술을 시작해서 무대 마술에 도전한다는 건 그 자체만으로도 대단한 거예요. 당연히 쉽지 않지요. 굳이 의식하지 않아도 손이 기억해서 움직일 수 있도록 연습을 무한 반복해야 합니다. 자, 씩씩하게 다시 세팅해서 거울 앞에 서 봅시다."

벌써 두 시간째 같은 마술을 반복해서 하고 있다. 보통 사람들 같으면 벌써 포기하거나 다른 걸 배워 보겠다고 열 번은 더 말했을 텐데 끈질기게 하나를 붙잡고 씨름하고 있는 모습이 대견하다.

'그래. 저 정도 열정은 있어야지, 암.'

문득 초보 시절이었던 때가 떠올랐다. 한여름에 에어컨도 없는 조그만 골방에서 땀을 흘려 대면서 시간 가는 줄 모르고 얼마나 열심히 매달렸었던가. 이번 수강생 중에서 가장 끈질기고 열정적인 사람이다.

"성란 씨, 우리 오늘은 이만 정리합시다. 첫날부터 너무 무리하는 거 같아요. 이렇게 하면 지쳐서 포기하게 될 수도 있습니다."

"선생님, 그래도 재미있어요. 저 정말 열심히 해 보려고요. 저 조금만 더 혼자 하고 가면 안 될까요?"

"이미 충분히 열심히 하고 있어요. 연습실 사용은 얼마든지 해도 되지만, 오늘은 1시부터 다른 분이 연습실을 쓰기로 했거든. 아, 그분, 여자 마술사예요. 하하, 성란 씨처럼 직장생활 오래 하다가, 제2의 삶을 살겠다고 마술을 시작하셨지요. 한 3년 되었나? 지금은 아주 프로페셔널하세요. 활동도 많이 하시고요."

"정말요? 선생님, 저 그분 오시면 연습하시는 거 한 번 보면 안 될까요?"

"흠, 글쎄요. 한 번 얘기나 해 보죠, 뭐. 그렇게 까칠한 분은 아니니까요. 우리 식사하러 갑시다."

식사를 마치고 연습실에 돌아와 보니 이미 황보현 마술사가 연습실에서 마술 도구들을 한껏 펼쳐 놓고 있다.

"황보현 마술사님 안녕하세요! 반가워요! 얼굴이 더 좋아졌네요? 요새 좋은가 봐요?"

"어머 교수님! 안녕하세요! 번번이 연습실 때문에 폐를 끼치네요. 호호. 늘 고마워요."

언제나 밝고 힘이 넘치는 그녀다. 확실히 3년 전 처음 볼 때보다 젊어진 느낌이다.

"폐는요, 무슨. 맨날 노는 연습실 누구라도 쓰면 좋은 거지. 아, 인사하세요. 우리 새로운 수강생 성란 씨. 이쪽은 아까 얘기한 황보현 마술사님."

"안녕하세요, 한성란입니다. 말씀 많이 들었어요. 정말 대단하세요."

"안녕하세요! 에구, 대단은요. 부끄럽습니다. 그냥 마술이 좋아서 열심히 살아요."

"황보현 마술사님, 우리 성란 씨가 무대 마술에 대한 열정이 가득하셔서 그냥 바로 무대 마술 과정을 시작했습니다. 오늘 지팡이 하나 가지고 2시간을 매달렸어요. 옛날에 누구 보는 거 같죠? 하하."

성란 씨가 얼굴을 붉히며 기어들어가는 목소리로 입을 연다.

"잘할 수 있을 것 같은데, 마음대로 잘 안 되네요."

황보현 마술사가 성란 씨의 손을 잡고 웃으며 장난기 가득한 얼굴로 말을 한다.

"손에 낀 예쁜 반지부터 빼고 하셔야겠는데요? 호호. 반지가 있으면 지팡이 마술을 할 때 불편해요."

"역시 황보현 마술사님이 같은 여자분이라 디테일한 조언을 주시네요. 기왕이면 우리 잠깐 앉아서 황보현 마술사님에게 좀 더 많이 조언을 부탁해 봅시다. 내가 맛있는 커피 타 올게요."

워킹맘,
마침표를 찍기로 했다

♣ 더 이상 미안하지 않은 엄마로 살기

"얘들아 얼른 일어나. 빨리 씻고, 아침 먹어야지?"

아이들을 다그쳐 쫓아내듯 등교시키는 아침은 언제부터인가 일상이 되어 버렸다. "그럼, 엄마 먼저 간다"란 말을 던지고 나온 출근길은 전쟁 뒤 맞이하는 평화로움 그 자체였다. 일단 내 손을 떠나면 아이들은 유치원과 학교에서 잘 지낼 것이다.

억척같은 엄마가 아니라 전혀 다른 사람으로 돌변하는 곳이 바로 직장이었다. 신데렐라가 무도회장에서 멋진 왕자님과 화려한 무도회를 보내고, 자정이 되면 다시 본연의 모습으로 돌아왔을 때라고 할까? 출근 전, 퇴근 후는 딱 그 모습이었다.

퇴근 후 집에 오면 7시. 부랴부랴 밥을 하고, 아이들 씻기고, 또 서둘러 저녁을 먹인 후 다음 날 학교 갈 준비를 시키고, 소화될 틈도 없이 재우는 일상. 덩달아 피곤한 나도 아이들을 재운다는 핑계로 누웠다 눈뜨면 맞이하는 아침이 그렇게 20년간 반복되었다.

맞벌이였기에 남들보다 조금 더 넉넉할 수 있었고, 1년에 한 번쯤통 크게 해외 여행도 갈 수 있었다. 주말이면 수고한 서로를 위해 캠핑이며, 근교 나들이를 할 수 있었고, 맛있는 음식 또한 금전적 압박감 없이 먹으며 즐거운 생활을 영위하는 것. 뒤돌아보니 딱 그게 전부였던 삶이었다.

아이들의 입학식, 총회, 녹색 어머니, 반 모임, 상담, 학예발표회는 직장 맘인 내겐 참 반갑지 않은 날이었다. 바쁜 회사에서 월차, 반차를 써 가며 아쉬운 소리를 해야 했으며, 학기 초엔 최소한 3번 이상은 휴가를 내야 해서 나중엔 사장님께 말씀드리려니 입이 떨어지지 않기도 했다.

큰아이가 1학년 때 "엄마, 나 이빨이 흔들려서 대롱대롱거려"라며 울먹이며 전화를 했는데, 혼자 치과를 다녀오라고 이야기했던 것은 지금 생각해도 여전히 가슴 아픈 추억이다. 고작 1학년이, 그것도 그 무서운 치과를 엄마도 없이 혼자 다녀오라니. 그 어린아이가 얼마나 당황하고 속상했을지는 생각만 해도 마음이 아프다.

엄마이자 일하는 여자로서 수없이 흔들렸던 삶이었다. 나는 내 아이들을 사랑한다. 또한, 내가 제일 좋은 엄마라고 생각하기로 했다. 엄마의 삶을 살아가는 지금의 생활이 최선이라고 생각하지 않으면, 아이들도 나도 너무 아프게 느껴지는 것이 바로 직장 맘으로서의 삶이기 때문이다.

♣ 한 아이의 세상을 바꾸는 엄마가 되고 싶었다

이 세상엔 가족을 이루는 세 가지의 방법이 있다. 첫째는 결혼이고, 둘째는 출산이며, 셋째는 입양이다. 내 나이 29살, 우리 부부는 결혼 1년 6개월 만에 첫아이를 25개월 된 사내아이로 입양했다. 그리고 그 아이가 초등학교 3학년이 되었을 무렵 동생이 있었으면 좋겠다고 하여 5살 된 둘째 사내아이를 입양했다. 현재 나는 중3, 초3의 두 아들 엄마로 살고 있다.

입양은 결혼 전 남편의 버킷리스트에 있었다. 나는 장애인들이 생활하는 그룹홈 봉사자였고 그는 그 그룹홈을 관리하던 팀장(부천시장애인종합복지관)이었다. 그렇게 만난 것이 우리의 첫 만남이었는데, 그는 장애인들과 허물없이 함께하는 내가 너무도 눈부시게 아름다웠다고 했다.

그와 연애를 시작하고 두 번째 만나던 날, 그가 내게 뜬금없이 이렇게 말했다.

"전 결혼하면 꼭 입양할 거예요."

누가 물어본 것도 아니었고 겨우 두 번째 만남이었을 뿐인데 그런 말을 한 것이다. 뒤늦게야 안 사실이지만, 남편은 결혼 전 다른 여자 친구들을 만났을 때도 그런 말을 던졌지만 모두 그 소리를 듣자마자 줄행랑을 쳤다고 한다. 그런데 유일하게 도망가지 않은 여자가 바로 나였다. 사실은 그 말을 귓등으로 듣고 흘렸던 건데….

그렇게 우린 결혼을 하면 꼭 입양하리라 맘먹은 남자와 유일하게 그 말을 듣고도 도망가지 않은 여자로 15년째 함께 살고 있다.

3살, 5살에 입양한 두 아들 모두 어느 정도 자아가 형성된 후의 입양이었기에 사람들은 종종 우리에게 묻곤 한다. 갓난아기가 아니라서 키우기 힘들지 않았느냐고. 하지만 내겐 두 아이를 입양으로 얻었다는 전제가 없다. 입양을 마음먹었을 때부터 나는 태교하는 마음으로 아이들을 기다렸고, 입양하는 순간 그 아이들을 가슴으로 낳은 엄마였다.

엄마 노릇은 처음인지라 순탄하진 않았다. 그중 에너지 넘치고 활동적이었던 큰아들에게만큼은 유독 실패담이 많은데, 지금 뒤돌아보니 좋은 엄마가 되고 싶은 마음이 컸기 때문인 것 같다. 육아를 책으로 배웠으니 오죽했으랴. 아이를 키운다는 게 뜻대로, 책대로 되지 않는다는 걸 알게 된 것은 얼마 전 큰아들의 사춘기를 접하게 되었을 때였다. 첫 아이를 입양하고 둘째를 입양하기까지 8년이란 시간이 걸렸는데, 요즘에는 둘째를 입양하지 않았다면 큰아들의 사춘기 때문에 뒷목을 좀 자주 잡았을 것 같다는 생각이 든다. 6살 어린 막내의 재롱이 얼마나 많은 위로와 기쁨을 주는지 모른다. 시기에 맞춰 잘 자라 주는 아이들이 대견하고 사랑스럽다.

우리 부부가 입양을 통해 바란 것이 하나 있었다면, 나 하나가 세상은 바꾸기 힘들더라도 한 아이의 인생만큼은 변화시키고 싶다는 것이었다. 그럴 수 있다고 확신했다.

그렇게 소중하고 사랑스러운 내 아이들이 자라고 있다. 입양은 우리 가족 모두에게 축복이 되었고, 우리의 인생을 기쁨과 감사로 송두리째 변화시켜 주었다.

♣ 20년 직장생활의 종지부

어느 날 친구에게서 걸려온 한 통의 전화는 내 인생을 송두리째 바꿔 놓았다. 그날은 회사의 업무 마감일이었고, 각종 수입 세관신고서 작성과 부가세 마감으로 업무가 쌓이던 날이었는데, 친구와 통화를 하며 나는 기계적으로 전산 마감을 하고 있었다. 익숙해진 업무와 반복된 일상 속에서 기계적으로 움직이다 보니 통화를 마친 후에는 업무가 완벽하게 마감되어 있는 것이 아닌가!

'이게 뭐야? 이게 왜 다 맞는 거야?' 순간 내 머릿속에 이런 생각이 스쳐 갔다. 돼지우리 속에서 주는 밥만 먹으며, 멍청하게 살만 뒤룩뒤룩 찌우고 있는 돼지. 그게 딱 내 모습이었다.

사장님의 회사 운영 철칙으로 급여를 단 하루도 미뤄 지급한 적이 없었으며, 상여금 또한 정말 섭섭지 않게 챙겨 주는 아주 고마운 회사였다. 그런데, '아, 나는 이 회사를 지금 그만두지 않으면, 아파야만 그만둘 수 있겠구나!'란 생각이 번쩍 들었다. 사장님은 절대로 사원을 무단으로 해고하는 분이 아니었으니 결국 아파야 그만 둘 수 있을 거라는 생각에 두려움이 엄습해 왔다.

내 나이 38살. 혹여나 내가 사십 대 중후반까지 직장생활을 하다가 그만두게 된다면 그땐 뭘 해야 하지? 난 뭘 할 줄 아는 거지?

무역회사에서 나름대로 인정도 받았고, 좋은 조건의 복리후생을 누리며 남들 부러움을 사기도 했다. 그런데 퇴사 후에 대한 공포감을 느낀 후부터는 안정된 직장의 권태로움에서 하루라도 빨리 벗어나고 싶어졌다.

10년이 넘게 단 1%의 변함도 없이 가족처럼 대해 주시면서 회사의 살림을 철석같이 믿고 맡기고 계신 사장님께 차마 회사를 그만두겠단 말을 꺼내기란 쉽지 않았다. 남에게 싫은 소리, 아쉬운 소리를 하는 게 무엇보다 힘든 나였기에 일주일간 그만두겠다는 말을 집에서 연습해 왔지만, 사장님 얼굴을 보는 순간 그 말이 쏙 들어가 버리곤 했다. 내 의지는 이렇게 확고한데 말은 왜 이렇게도 안 나오는 건지…

하지만 나의 오랜 고민이 무색하게 사표 수리는 정상적인 속도로 진행되었고, 퇴사 후에도 1년간 알바 식으로 2시간씩 회사 일을 하며 고액의 알바비를 받기도 했지만, 결국 나는 완벽한 퇴사를 했다. 그리고 누구나 느끼는 거지만 '내가 아니면 안 되겠지?'란 생각은 그저 내 생각일 뿐이었다. 내가 아니어도 세상은 너무도 잘 돌아간다.

♣ 수고한 나를 위한 보상

20년간 단 하루도 직장인이 아니었던 날이 없던 나를 위한 보상이 절실했다. 아이들 것까지 3장의 터키행 비행기 표를 끊었다. 빨리 떠나고 싶어서 터키 테러 사건으로 인해 여행자제 지역으로 지정될 수도 있는 민감한 어느 날 우린 계산 없이 떠났다.

난생 처음으로 그 먼 나라를 겁도 없이 6살, 11살 두 아들과 함께 떠난 것이다. 책 읽기를 좋아했던 큰아들은 가이드의 그리스 신화를 나보다도 더 많이 이해했고, 6살 막내는 내 옆에 철썩 붙어 나를 지켰다.

누군가 '여행이란 휴식을 가장한 노동'이라고 하지 않았던가.

그 말이 와닿았던 것은 터키에 도착한 다음 날이었다. 한겨울의 터키는 눈과 추위와의 싸움이었는데 매일같이 바뀌는 숙소에서 아이들의 겨울옷을 갈아입히고 짐을 싸는 것은 온전히 내 몫이었다.

여행이 길어질수록 짐은 점점 늘어나 가방은 올라타 누르면서 지퍼를 채우지 않으면 잠기지 않을 정도가 되었고, 시차와 빡빡한 일정으로 버스에서 떡실신이 되는 아이들을 깨우고 이동하는 것까지 지금 생각해도 노가다의 열흘이었다.

함께 여행을 온 일행들은 나이가 있는 분들이라 휴양을 하며 여행을 즐겼지만 나는 다크서클이 무릎으로 치닫고 있었다. 이와 함께 수고한 나를 위한 보상은 내 사랑스러운 아이들과 함께 저 멀리

안드로메다로 둥둥 날아갔다. 그때 다시는 혼자서 아이들 데리고 여행 다니지 말아야겠다는 생각이 들었다.

아이들과 함께 여행 다녀온 이후 후유증을 심하게 앓았던 나는 또 다른 보상이 필요했다. 그래서 이번엔 시어머니에게 아이들을 부탁하고, 친정엄마와 단둘이 중국 여행을 다녀오며 두 달간 열심히 노는 것으로 수고한 20년을 섭섭지 않게 보상했다.

인생 2막,
터닝 포인트

♣ 팔자에도 없었던 마술

"여보, 나 1년 동안은 펑펑 놀 거야. 그러니까 당신은 아무 말도 하면 안 돼. 알았지? 나 충분히 놀 자격 있는 여자야. 알지?"

남편에게 큰소리 땅땅 치고 여느 가정주부들처럼 화장기 없는 얼굴로 가족들의 아침을 준비하고 싶었다. 청소하고, 남편의 와이셔츠를 다려 놓고 시간에 구애 없이 은행도 가고, 옆집 여자와 커피 마시면서 종일 수다도 떨고, 백화점도 가고, 서점도 가고, 내키면 여행도 가고, 아이가 학교 갔다 돌아오면 반갑게 맞아주고, 간식을 준비하고, 친구들을 초대해 간식도 먹이고 싶었다.

하지만, 청소를 잘 안 하던 사람은 시간이 많아도 습관 때문에 못한다. 남편의 와이셔츠를 다리는 것 또한 제대로 배워 본 적이 없었기에 없던 주름까지 만들어 낸다는 걸 아는 데는 그리 긴 시간이 걸리지 않았다.

'오늘만큼은 펑펑 쓰는 거야' 하고 맘먹고 백화점에 갔다가도 '나 이제 백수잖아. 이제 아껴야 해'라는 생각이 번뜩 떠올랐고, 아이가 학교 갔다 오면 "벌써 끝난 거야?"라는 말이 나올 정도로 늘어지는 삶을 살고 있었다. 아침 밥상을 치우고, 설거지하고 청소기 돌리고 빨래까지 하고 나면, 아이들이 집으로 오는 시간이었다. 누가 내 시간을 훔쳐가기라도 한 걸까?

1년간 모아 놓은 돈을 펑펑 쓰면서 살 줄 알았는데, 정작 쉬면서는 벌이가 없으니 아껴야 한다는 생각에 바들바들 떨며 돈을 쓸 줄 모르는 더 지독한 구두쇠의 삶을 사는 게 아닌가? 여행에 미쳐 여기저기 다니며 실컷 놀았다고 생각했는데 실은 두 달밖에 지나지 않았다. 1년 쉬겠다고 선포했는데 이렇게 화려한 백수 생활이 두 달 만에 끝나는 건가?

갑자기 심심해졌다. 너무 심심하니까 불안해졌다. 그래서 문득 들었던 생각은 남들이 잘 안 하는 걸 배워 보는 건 어떨까 하는 것이었다. 뭘 배워 볼까 고민하다 2년 전 입양 기관에서 가족 레크리에이션을 진행해 달란 부탁을 받고 부랴부랴 따두었던 레크리에이션 지도사 1급 자격증이 생각났다.

"아, 레크리에이션을 하되 남들이 안 하는 재주를 하나 더 넣어야겠다. 마술 괜찮은데?"

이러한 단순한 생각 끝에 팔자에도 없는 마술에 입문하게 되었다. 대부분의 프로 마술사들은 확실한 계기가 있어 마술에 입문하고, 소위 마술에 미쳐서 뛰어드는데, 나는 요런 형편없는 생각으로 무식하게 덤벼들었다.

마술을 배워야겠다는 생각이 들자 마음이 다급해졌다. 컴퓨터를 켜고 가까운 마술 학원을 검색했다. 마침 집에서 15분 거리에 마술 전문 학원이 있는 것을 확인하고 전화했는데 그때가 설 연휴 전날이었다. 통화하면서 다급한 마음에 일방적인 질문 공세를 퍼붓기 시작했다.

"저, 마술 배우고 싶은데요. 혹시 지금 학원에 가서 상담받아도 되나요? 마술에 '마'도 모르는 사람이고요. 그냥 배우고 싶은데. 몇 달이나 배워야 하나요? 그렇게 배우면 몇 개나 할 수 있을까요? 저 주부거든요. 주부도 할 수 있어요? 혹시 저처럼 아줌마도 배우는 사람 있어요? 학원비는 얼마죠? 비싸진 않나요?"

상대방의 대답이 끝나기가 무섭게 다음 질문을 곧바로 이어 갔다. 나중에 선생님께 들었지만 완전 진상 상담 고객이었다고 한다.

단정한 세미 정장에 힐을 신고 20년간 출퇴근했던 내게도 좀 관대해지고 싶었다. 굽이 1㎝도 안 되는 운동화, 10년째 입고 있는 늘어진 카디건, 민낯에 단정히 빗은 머리로 집을 나와 학원으로 향했다. '아, 나도 이렇게 살 수 있구나.' 왜 주부들이 늘어진 티셔츠에 단화와 고무줄 바지를 즐겨 입는지를 알게 된 내 인생 최고의 핫한 날이었다.

태어나서 한 번도 마술이란 걸 배우지 못한 내가 도착한 곳은 집에서 제일 가까운 마술 학원이었다. 낯선 도구들과 여느 학원에선 볼 수 없는 괴상한 장식품, 그리고 내 앞에 앉아 있는 마술사. '나 같은 아줌마가 마술을 배울 수 있을까? 그냥 상담만 받고 그냥 가버릴까? 몇 년씩 배워야 하는 건가?' 마음속에서는 빨리 이곳을 벗어나고 싶은 마음이 끊임없이 발동 중이었다.

"저 강의하고 싶어요. 남들 앞에서 말하는 거, 인솔하는 거 엄청나게 잘하거든요. 그럴 때 마술이 많은 도움이 될 것 같아요."

어쨌든 나는 아이들을 입양하면서 사단법인 한국입양홍보회라는 입양 가족들의 자조모임단체에서 부천 지역 대표를 맡고 있었고, 매월 한 번 모이는 정기 모임과 불특정 날짜에 생기는 다양한 행사로 인해 입양 가족들을 자주 인솔해 프로그램을 추진해야 했다. 그래서 남들 앞에 서는 것과 말하는 것, 프로그램 진행하는 것에 대한 거부감이 없었기에 자신감은 누구보다 높았다.

하지만 나중에 안 사실은 내 진행 실력은 프로 마술사의 세계에선 정말 부끄러운 실력이었다는 점이다. '이래서 무식할 때가 제일 용감한 것인가?'라고 말하고 싶지만, 우물 밖에는 더 넓은 세상이 있었다는 것을 알게 된 이후 그때를 회상해 보면 부끄러움에 얼굴이 화끈거린다.

♣ 밑바닥과 마주하기

배움이 더해 갈수록 마술은 신세계였다. 선생님의 작은 손놀림에도 감탄하며 6개월간 매주 2회씩 학원에 나가 열심히 배웠다.

마술의 '마' 자도 모르던 난 선생님께서 제시하는 다양한 미션에 늘 적잖이 당황했다. 그때 발견한 건 회사와 집만 20년간 오가며 다양한 경험을 하지 못한 바보 같은 내 모습이었다. 20년간 사무실에 앉아서 컴퓨터 자판과 계산기나 두들기던 내가 만난 전혀 새로운 세상. 하나를 배우면 그 하나마저도 금방 까먹는 마술의 세계를 접하면서 배우면 배울수록 자존감은 떨어지고 자책은 늘기만 했다.

'왜 내 눈엔 트릭이 전혀 안 보이는 거야? 왜 나는 전혀 이해가 안 가는 거지?'

마술에 깊이감이 더해질수록 어려움과 힘듦의 연속이었다. 그렇게 6개월이 지났을 즈음, 방향을 제대로 잘못 잡았던 것을 알게 되었다. 이 정도면 남들 앞에서 적당한 마술 정도는 할 수 있겠지 생각했는데, 내가 배운 마술은 강의용 교육 마술이었다.

다시 항로를 재설정하고 마술을 배운 지 7개월 만에 무대 마술을 접하게 되었다. 열심히 무대용 신문지 마술을 연습하고 있을 때면, 수년간 갈고닦으신 마술 선배님들께서 다양하고 멋진 마술로 내 혼을 쏙 빼놓기도 했다. 도대체 얼마나 배워야 저 정도 실력이 될지…. 다음 동작 하나하나를 기억하기도 빠듯하고 엉거주춤한 자세에 버벅거리는 마술 실력까지… 하루하루가 나와의 싸움이었다. 적성에도 안 맞는 마술, 다음 순서가 늘 헷갈리는 저질 기억력, 순서를 기억하면 음악이 안 들리는 박치·몸치, 나 자신을 어지간히도 자학하던 시기였다.

그러던 어느 날 선생님께서 대한민국마술대전에 출전하라며 강요(?)를 하셨고, 나는 교육 마술 7개월, 무대 마술 3개월 차 왕초보인 주제에 무식하고 용감하게 국회에서 열린 대한민국마술대전에 출전하게 되었다. 대회 준비를 하는 두 달간 선생님은 호되게 나를 단련시키셨다. 평생 나를 이렇게 호되게 혼낸 사람은 어린 시절 부모님 다음으로 처음이었다.

매일 혼자 중얼거리곤 했다.

"이 사람 뭐지? 내 나이가 한두 살도 아니고, 애 엄마에 사회적으로도 절대 무시할 사람도 아닌데, 왜 이렇게 무례한 거야? 정말 더럽고, 치사해서 못 해 먹겠다. 그냥 그만둘까 봐!"

얼마나 날 혹독하게 잡으셨는지, 선생님의 눈을 보는 것조차도 무서웠다. 학원이 2층인데, 2층까지 올라가는 계단이 수천 개처럼 느껴졌고 집에서 나와 학원으로 차로 가는 15분 거리의 길이 구만리처럼 느껴졌다.

나는 점점 피폐해져 갔다. 그러던 어느 날 남편에게 말했다.

"여보 이건 아닌 거 같아. 나 마술하지 말까 봐. 내가 누구한테 그렇게 욕먹고 살 나이도 아니고, 즐기기 위해 시작한 게 스트레스만 쌓이고, 무서워서 선생님 눈도 못 쳐다보겠네."

그때 남편이 내게 이렇게 말했다.

"여보, 당신 되게 대단해. 당신이 만약에 악기를 배웠다고 생각해 봐요. 악기 1년 배워서 국회에서 열리는 그렇게 큰 무대에 설 수 있겠어요? 마술이니까 가능하지. 난 당신이 엄청 대단하고 멋진데? 아무튼, 당신은 현명하니까 잘 선택해요."

생각해 보니 그렇다. 마술이니까 가능한 것이다. 악기를 배우거나 춤을 배우거나 노래를 배웠다면 어찌 1년 만에 저 큰 무대에 설 수 있으랴.

남편의 충고가 없었다면 난 아마도 진즉에 때려치우고 평범한 주부로 살고 있었을 것 같다.

드디어 국회에서 열린 대한민국마술대전의 날. 예고도 없으셨던 선생님께서 떡하니 심사위원으로 앉아 계시고, 대기실에는 내로라 하는 마술사들과 경력이 많은 출전자들이 대기하고 있었다. 무식하면 용감하다고 나는 대기실 출전자들이 얼마나 유명하신 분들인지 모르고 무대에 올랐기에 나만의 페이스로 당당히 무대에 설 수 있었다.

내가 펼친 마술은 신문지와 불, 케인을 이용한 마술이었다. 음악이 웅장하게 나오면서 커튼이 열렸고 관객들의 따가운 시선이 느껴지던 그 순간 관객석에서 응원 온 막내가 "엄마!" 하고 크게 외치는 것이 아닌가. 웅장한 음악과 더불어 관객들의 웃음이 사방에서 터졌고, 나는 오늘만큼은 누군가의 엄마가 아닌 마술사가 되고 싶었는데, 졸지에 주부 마술사로 액트를 마쳤다.

그때를 생각하면 얼굴이 화끈거리기도 하지만, 우리 막내는 엄마가 저런 큰 무대에 선 것이 너무도 자랑스러웠었구나 하고 생각하면 그조차 감동이다.

다양한 마술사들의 현란한 액트는 나의 액트와 레벨이 달랐지만, 무대 마술을 3개월 배우고 올라간 내가 떨지 않고 마쳤다는 것이 지금 생각해도 기특하다. 그리고 무대 마술 3개월 차의 초보인 난 남예종특별상을 수상하는 기쁨을 누렸다.

대회가 끝나고 집에 가는 차 안에서 남편이 말했다.

"당신, 어떻게 신문지 하나 달랑 들고 그 무대를 선 거예요? 남들은 엄청난 장비에 다양한 마술을 하는데…. 당신이란 여자의 용기, 정말 대단해요."

다른 마술사들의 현란한 마술에 비해 내 마술은 생초보. 남편이 봐도 용감하게 보였나 보다. 결국 나는 "여보, 나는 도구발이 아니고, 기술이었던 거야. 기술! 알지도 못하면서"라는 말로 급하게 마무리하긴 했지만, 어떤 의미인지는 알기에 덮어 두고 싶었다. 지금 돌이켜 생각해 보면 마술에 대해 아무것도 몰랐기에 선생님의 조언대로 큰 무대에 선 것이지, 지금 그렇게 하라고 하면 할 자신이 없다.

큰 대회를 겪어서인지 이전보다 동작도 훨씬 부드러워지고, 음악을 느끼며 마술을 할 정도로 여유가 생겼다. 끔찍하게 무서웠던 선생님의 독설이 이런 엄청난 성장을 가져오리란 생각은 못 했다.

♣ 성장을 맛보다

대회 후 마술에 대한 자신감이 생겼다. 선생님의 강의와 공연에 문하생으로 열심히 쫓아다녔다. 학교면 학교, 공연장이면 공연장. 아침 일찍 출발하는 날이면 보온병에 커피도 내려가고, 제철 과일과 계란에 샌드위치, 간식까지 싸서 쫓아다녔다. 행사장 따라다니면서 조수(?)로서 비주얼을 갖추기 위해 정장에 구두까지 갖춰 신었다.

구두를 신고 짐도 열심히 나르다 보니 내 구두는 첫 달에 굽을 갈아 주어야 했고 둘째 달에는 새 구두로 바꾸어야 했다. 찍소리도 못하고 레이더를 선생님의 눈초리에 맞춘 채 무대 세팅도 도와 드리고, 사진도 찍어 드리고, 뒷정리와 진상 고객을 대비한 보디가드까지 했다.

어느 날, 행사장에서 선생님께서 말씀하셨다.

"지금 배우고 있는 카드몬테, 나 다음에 하세요."

나는 그 말이 그렇게 무서운 말인 줄 미처 몰랐다. 이제 배운 지 얼마 안 되었고 마술의 원리를 알고 한다기보다 순서만 외우기 바쁜 마술이었는데 나더러 당신의 밥줄인 무대에 나가라고 하시다니…

순간 머릿속이 하얗게 변했다. "오늘요? 선생님, 저 못해요. 다음에 할게요"라고 말해야 했는데, 어느덧 선생님께 등 떠밀려 무대 위에 올라가 있었다. 내가 이 무대를 말아먹는 순간 선생님의 밥줄이 끊기는 건데… 이 선생님 도대체 뭐야? 정말 엉엉 울고 싶었다.

마술과 표정이 따로 놀던 그때의 내 공연 사진을 보면 지금도 웃음이 나오곤 한다. 분명 사람들은 신기해서 즐거워하고 있는데 내 표정은 카드를 들고 바짝 긴장해 있었으니 말이다. 결국, 무대를 말아먹지 않을까 했던 내 걱정은 기우였고, 관객의 반응도 좋았으며, 아주 가끔은 나를 찾는 거래처도 생겼다.

그 뒤로도 선생님은 나를 스파르타식으로 단련시키셨다. 하지만 왠지 처음 마술을 배웠을 때와는 다른 따뜻함도 느껴졌다. 내가 정말 너무 못해서 했던 잔소리가 아니었다는 것을 느낄 수 있었다.

선생님은 남들이 수년에 걸쳐 배울 마술을 불과 1년 사이에 전수해 주셨다. 배우는 나로서는 말로 표현하기 힘든 고된 시간이었고, 도망치고 싶었던 나날의 연속이었다. 하지만, 언젠가부터 나의 성장이 느껴지기 시작했다. 과연 이 액트로 무대에 설 수 있을까 싶었는데 연습을 거듭할수록 몸에 익숙해지는 데 한 달이던 것이 보름이 되고, 일주일이 되고, 삼 일이 되었으니, 폭풍 성장하고 있다는 것을 체감할 수 있었다.

'아, 이런 게 성장이구나! 정말 안 될 것 같던 마술이 열심히 노력하니 되는구나!'

성장을 느낀 뒤로 하루하루가 신비롭고 경이로웠다. 나는 분명히 몸치·박치였다. 액트에 열중하면 음악이 안 들리고, 음악에 열중하면 액트 순서를 헷갈렸다. 남들은 마술을 너무 좋아해서 한다는 동기가 확실했지만, 나는 그저 남들이 안 하는 것을 해 볼까 하는 애매한 동기로 시작했기에, 남들보다 당차거나 의욕적이지 못했다. 주부가, 그리고 마술에 재능이 없는 내가 유명한 최현우, 이은결 같은 마술사가 될 것도 아니고, 무슨 고생을 이리도 사서 하는 걸까?

남들은 내가 마술을 한다고 하면 다들 "와우, 정말이야? 완전 너랑 잘 어울려. 천직이야"라고 말을 한다. 사실 나는 마술에 '마' 자도 모르고 사무실에서 우아하게 일하던 사람이었다고 반박하고는 싶지만, 이젠 그렇게 말하기엔 너무 멀리 왔고, 많이 성장했다. 지금 그 사람들에게 해 주고 싶은 말은 "그렇게 좋아 보이면 당신도 도전하세요"라는 말이다.

"이번 공연 오프닝 하세요."

선생님은 아무 준비도 없이 따라간 내게 공연 시작 전 오프닝을

덥석 맡기기도 하셨다. 또한, 중간중간 나를 공연에 합류시키거나, 목 상태가 안 좋은 날이면 첫 타임 공연은 당신이 서브를 볼 테니 나더러 하라고 하기도 하셨는데, 그래서인지 늘 준비되어 있지 않으면 안 되었고, 늘 초긴장으로 대기해야 했다. 덕분에 나는 이젠 오프닝도, 혼자 하는 공연도 어렵지 않다.

♣ 몸치·박치였던 그녀, 마술사가 되다

"내일 홈플러스 40분 공연은 혼자 다녀오세요."

선생님이 내뱉은 한마디에 난 부랴부랴 공연 짐을 차에 실었다. 이날은 내가 혼자서 처음으로, 그것도 40분 공연을 진행하였던 역사적인 날이었다.

선생님 그늘 아래에서 하는 것도 아니고, 나만을 바라보는 수백 명의 관객 앞에서 혼자, 그것도 40분간 공연해야 한다니 너무도 부담스러웠다. 하지만 해 보고 싶었다. 언제까지 선생님의 그늘 밑에 있을 수는 없으니까.

짐을 정리하면서 혼자 잘해 낼 수 있을까 하는 걱정이 엄습해 왔다. 그래서 차에 짐을 실어 주시던 선생님께 "저 혼자 공연 내보내는 거 걱정 안 돼요?"라고 물었다. 하지만 선생님은 아무런 표정 변화도 없이 "아니? 왜요? 잘 다녀와요"라고 별것 아닌 듯이 말씀하셨다. 그 순간 마음속에 있던 걱정의 탑이 와르르 무너져 내리고 광명이 비치는 것이 느껴졌다.

칭찬에 너무 인색해서 마술을 배우는 내내 칭찬을 들어 본 적이 없었는데, 사탕발림 같은 칭찬보다 걱정 안 된다며 잘 다녀오란 선생님의 말 한마디는 세상 그 어떤 칭찬보다 달콤하고 황홀했다. '아, 나를 믿고 계시는구나' 그때 나는 누군가의 믿음을 얻는다는 게 얼마나 큰 성장을 불러일으키는지 배울 수 있었다.

짐도 많고 무대 세팅도 필요해서 남편이 로드매니저를 자처해 주었다. 홈플러스 행사일에 몰려든 수많은 관객 앞에서 첫 공연이 시작되었다. 40분이 어떻게 지나갔는지도 모르게 온 힘을 다한 공연은 성공적이었다. 내 무대였고, 내가 주인공이었기에, 하고픈 것들을 실컷 했던 공연이었다. 공연 후 돌아가는 관객들의 입에서 "멋있어요", "너무 신기하고 최고예요"라는 말을 여러 차례 듣기도 하였으니 꽤 괜찮은 공연이었나 보다. 그때 나는 재미있는 마술사가 아닌, 멋진 마술사로 콘셉트를 잡아야 한다는 것을 알게 되기도 했다.

몸치·박치였던 내가 진정 프로 마술사로 서게 되었던 첫 무대. 이날의 기쁨은 대한민국마술대전 수상보다 훨씬 값진 것이었다.

나 데리고
사는 법

♣ 좋아하는 일에 대한 환상

매번 만나는 버라이어티하고 다양한 무대들. 관객을 코앞에 두고 공연을 해야 하는 경우가 생기기도 하고, 간단히 짧게 준비해 간 마술에 1시간을 공연하는 해프닝도 있었다. 하지만 프로 마술사가 되고 난 후 이러한 일들이 경험으로 쌓이면서 처세 방법이 매우 늘었다.

작은 무대일 경우 트릭이 덜 노출되는 것들 위주로, 큰 무대일 경우 멀리서도 눈에 잘 띄는 것들 위주로, 아이들과 어르신 대상 공연일 경우엔 '짠!' 하고 나오는 비둘기나 꽃 마술 위주로 하면 좋다는 것을 터득했다. 클라이언트와 협의하고 무대를 사전 확인하며 액트를 짜는 일이 어느덧 나도 가능해진 것이다.

가장 좋은 공연은 가장 좋은 관객이 만든다는 말은 마술 쇼에는 적용되지 않는 것 같다. 내가 얼마만큼 관객의 몰입을 끌어올려 성공적으로 공연을 마치느냐가 공연 후 감정 조절의 기준이 되기도 하기 때문이다.

내가 잘하지 못하거나 사전 준비가 안 되어 있는 것을 할 때, 어렵게 느껴지는 감정을 성취감으로 무장하는 것이 마술사의 필수 조건이 아닐까? 마술이 좋아지고는 있지만, 매번 공연을 꼼꼼하게 준비하는 것과 무대에 자신 있게 서는 것은 늘 큰 부담이고 짐이 아닐 수 없다.

좋아하는 일에 대한 환상은 공연 중 관객들의 반응과 공연 후 관객이 환호성을 지를 때까지만 유효하고, 나머지는 말 그대로 환상일 뿐이다. 공연을 마친 후 감정을 조절하고 빨리 툭툭 털어낸 후 다음 공연을 준비하는 마음가짐이 바로 좋아하는 마술을 오랫동안 할 수 있도록 하는 노하우가 아닐까? 좋아하는 일을 한다고 해서 모든 상황이 다 좋은 것만은 아니며, 좋아하는 일이 매일 좋은 것만은 아니다.

♣ 대학에 입학하다

프로 마술사의 길에 들어서면서 들었던 생각은 앞으로 이 일을 직업으로 해서 먹고살 수 있겠다고 하는 생각이었다. 그런 생각이 들자 나를 더 업그레이드하고 싶었다. 그런데 마술 강의 문의가 오면서 강사 프로필을 작성해서 보낼 땐 늘 아쉬운 마음이 앞섰다.

왜냐하면 전문대를 졸업했기 때문이었다. 나름대로는 이름 있는 전문대에서 장학생으로 졸업했으니 학위는 이 정도면 되지 않았을까 하는 생각을 했었지만, 기왕이면 다홍치마라고 4년제 학교라면 더 좋을 것 같았다.

그래서 바쁜 와중에도 서울사이버대학교 복지시설경영학과 3학년에 편입하기로 했다. 복지시설경영학과를 선택한 이유는 남편이 사회복지사이기도 했고, 아이를 입양했다는 사실이 사회복지와도 떼려야 뗄 수 없었으며, 좀 더 살기 좋은 세상을 위해 나의 재능과 봉사를 사회에 환원해야 한다는 생각이 있었기 때문이었다.

학교생활은 참 재밌었다. 사람을 좋아하고 누구와도 잘 지내는 성격이라 다양한 인맥을 통해 많은 사람을 알게 되었다. 학생들은 평균 연령 사오십 대 이상임에도 학업에 대한 열정은 그 누구보다 대단했다. 나이는 정말 아무런 변명이 되지 못했다. 많은 분들의 열정을 보면서 늦었다고 생각했던 나 자신이 궁색하게 느껴졌으니 그것만으로도 많은 걸 배우게 되었다.

학교에 입학했을 즈음이 무대 마술을 막 시작했을 무렵이었다. 학교에서는 오프라인 모임이 잦았는데, 직업을 묻는 말에 "마술사입니다"라고 답하는 순간 행사국장이라는 자리가 맡겨졌다. 당황스럽기도 했지만 어디서 나온 자신감이었는지 열심히 하겠다고 했다.

내가 편입한 것은 가을 학기였다. 그런데 인사차 기수 모임에 한 번 나갔다가 완전 코가 꿰어 버렸으니, 바로 송년회에 마술 공연을 맡게 된 것이다. 서로 잘 알지도 못하던 시기라서, 마술사라는 직업을 가진 내가 행사 진행의 적임자라고 생각했는지 행사 전부를 떠맡기신 것이다. 그렇다고 이제 와서 "저 이제 마술 시작한 초보에요"라고 할 수도, "저 전문 MC 아니거든요"라고도 할 수도 없었다.

하지만 걱정과 달리 우리 학과의 송년회를 진행하여 잘 마무리했다. 중간에 음향이 불안정하였음에도 적당한 애드리브와 진행으로 행사를 무사히 마쳤는데, 예술계에 몸담고 있는 선배님이 "저 친구 사회 참 잘 보네. 너무 재미있었어. 저 상황에 다른 MC들은 화내며 가 버렸을 거야"라며 칭찬해 주셨고 선배님들 모두 입을 모아 진행에 찬사를 보내 주셨다.

이런 나의 모습을 예쁘게 봐 주신 다른 학과 임원들의 소문에 힘입어 2017년, 2018년 서울사이버대 송년회는 내 이름 '제니'로 장식되었다. 거기에 이어 학과의 송년회, 지역 송년회, 신편입생 환영회, 엠티에 이르기까지 엄청나게 많은 공연 진행과 레크리에이션, 마술 공연까지 하게 되었다. 진정 무식해서 용감했다는 말이 딱 맞는 상황이었다. 거기에 닥치니 어찌 되었건 되더라는 것.

다른 마술사들은 대개 어린이, 가족 등을 대상으로 하는 공연이 많아 성인 대상 공연은 다소 어려워하기도 하는데, 나는 평균 연령 오십 대 이상인 서울사이버대학교 재학생과 동문을 관객으로 수차례 공연했으니, 거기서 쌓은 경험이 상당하여 어지간한 성인 대상 공연이 전혀 두렵지가 않다.

남들은 공부를 열심히 해서 장학금을 받고 학교생활을 했다면, 나는 공부할 시간에 다양한 행사에 다니며 벌어들인 수입으로 학비를 대고도 남았다. 그렇게 나의 학부 시절은 제2의 발돋움이자 일복이 터진 나날로 기억된다.

♣ 무식해서 용감한

서울사이버대학에 입학해 당당하게 마술사임을 소개한 날 이후 나는 학교 내의 다양한 행사들에 섭외 0순위 마술사가 되었다. 마술이란 분야가 많이 대중화되었다고는 하나 아직은 신기한 분야였고 더군다나 여자 마술사를 본 적이 별로 없던 많은 이들에게 나는 혜성 같은 존재였다.

아마도 프로 마술사들이 이런 나를 봤으면, 혀를 끌끌 찼을지도 모르겠다. 하지만 확실한 사실 중 하나는 누구나 초보 시절은 있다는 것이다. 운전하는 사람이라면 다 알 것이다. '초보 운전'을 써 붙이고 다니는 차들이 얼마나 못 말리는지를. 하지만 주위를 너무 의식해서 우왕좌왕하다 보면 사고를 낼 수도 있으므로 초보자는 앞을 잘 보고 전진하는 길뿐이라고 생각한다.

공연 시작 전 마음을 가다듬을 때 늘 생각하는 말이 있다.

'자신감을 잃지 말자. 내가 자신감을 잃는 순간 모든 관객이 적이 된다.'

스펙터클했던 학부 2년을 보내고, 졸업 후 바로 대학원에 입학했다. 경영학이 포괄적 학문이기도 하고 경영에 관심이 있었기에 선택한 진로였다. 전문대를 졸업한 후 학부 졸업장이 필요할까 하는 생각을 하다가 다시 대학교에 편입한 경험이 있어서 대학원 역시 필요에 의해서 선택하지는 않았다. 계속 공부해서 박사 학위를 받을 것도 아니었지만, 빛나는 내 삶의 후반부가 너무나도 기대되기에 지금은 지금 할 수 있는 것을 하기로 했다. 그리고 또 혹시 또 모르겠다. 내가 마술을 하리라 전혀 생각 못 했던 것처럼 내 인생 후반부에 박사의 길로 접어들게 될지도….

늦깎이 학업은 바쁜 일상 속에서 짐처럼 느껴지기도 했다. '이 고생을 왜 또 사서 하려는 거야?' 하는 부정적인 생각이 내 안의 나태함과 함께 엄습해 왔다.

주 2회인 대학원 수업은 주부에게 엄청난 부담을 주었다. 대학원 수업이 있는 날 아침이면 등교하는 아이의 인사가 "엄마, 내일 만나"였다. 수업 후 집에 오면 11시가 훌쩍 넘어서 아이들은 벌써 꿈나라로 가 있다 보니, 일주일에 두 번 엄마를 못 보는 날이 되어 버린 것이다. 학교에 가기 위해서는 아빠와 아이들이 먹을 저녁밥과 반찬을 미리 해 놓고 가야 했다. 주부로서 대학원 생활을 하기란 참 버겁다.

미래를 향해 달려가면서 백미러를 길잡이 삼는 사람 같은 사람은 되지 말아야겠다고 마음먹었지만, 부정적인 생각은 가시질 않았다. 이 상황을 벗어나는 길은 오늘 할 수 있는 일에 초점을 맞추는 것이었다. 누군가 말하길 성공의 열쇠는 자신에게 진정으로 중요한 것이 무엇인지 결정하고 매일매일 상황 개선을 위해 강력한 행동을 취하되, 그 노력이 설령 헛된 것처럼 보일 때도 포기하지 않는 데 있다고 했다. 여태껏 멋모르고 무식하게 밀어붙여 여기까지 왔으니 오늘이 설령 버겁고 헛돼 보여도 포기하지 말자고 생각했다.

♣ 내 안의 거인에게

올해로 2년째 해 오고 있는 호스피스 병동 공연이 있다. 병동 봉사활동을 하시는 선배님의 요청으로 시작한 재능기부 공연이었는데, 올해로 딱 2년이 되었다. 말기 암 환자들과 그의 가족들을 위해 병원 복도, 간호사실 앞 넓은 공간 등에서 하는 공연인데, 환우들이 침대에 누운 채로 간병인과 함께 나오기도 하고, 힘든 걸음으로 나와 의자에 앉기도 한다.

행사 전날이나 당일에 하늘나라로 가는 환우들이 있기도 하므로, 공연 중 하늘나라로 가는 환우가 생기는 경우를 대비해 초긴장

상태가 되는 공연이다.

공연 날 좁은 호스피스 병동 복도에 침대 4개가 나오고 봉사자 선생님들과 의사, 간호사 선생님이 모두 총출동하여 나의 마술 공연을 보며 서 계셨는데 유독 내 옆에서 초점 없는 눈빛으로 마술을 보는 환우가 있었다.

나는 마음속으로 '내 공연을 즐기고 계신 걸까? 저렇게 누워서 바라보시는 것조차 힘드신 건 아닐까?'라며 걱정을 했다. 그런데 마지막 액트를 마치자 그분께서 박수를 치시며 눈물을 흘리셨다. 가슴이 먹먹해 나도 모르게 눈물이 그렁그렁해졌다.

돌아오는 길에 그분이 계속 생각나서 마음이 참 무거웠는데, 문득 '나의 공연이 누군가에게는 하늘나라로 가기 전 마지막 공연이겠구나' 하는 생각을 하니, 내가 그들에게 어떤 존재였고 얼마나 의미 있는 공연이었을지가 느껴져 돌아오는 차 안에서 나도 모르게 펑펑 울었던 기억이 있다.

마술을 단순히 돈을 벌기 위한 도구로 생각한 적은 단 한 번도 없다. 나의 재능이 누군가의 꿈이 되고 희망이 되고 즐거움이 될 수 있다면 그것만으로도 충분하다. 내 안의 거인이 이렇게 의미 있는 일을 할 수 있구나 하는 느낌은 그 어떤 직업과도 바꾸기 힘든 마약 같다.

아슬아슬한 벼랑 끝에 목표를 세우고 끊임없이 정진해 나아가다 보면 어느새 목표 지점에 도달하곤 한다. 바다에 떠 있는 큰 화물

선이 항로를 바꾸면 처음에는 눈에 띄는 변화가 없을 것이다. 하지만 조금 시간이 지나면 배는 처음과는 완전히 다른 방향으로 가고 있을 것이다. 내 안에 있는 거인도 처음엔 미미하게 움직였을지 모르나 지금은 목표한 미래로 방향을 틀지 않았을까?

준비가 기회를
만났을 때

♣ 설마 했던 그날은 온다

나는 매직아워 때의 하늘을 좋아한다. 매직아워란 촬영할 때 많이 쓰는 단어인데, 여명기나 황혼기 햇빛의 양이 적당해서 사진을 찍으면 아주 아름답고 부드러운 영상을 찍을 수 있을 때를 일컫는다. 그때의 하늘은 그야말로 마법과도 같다.

내 인생의 가장 아름답고 마법 같은 날이 바로 오늘이 아닐까? 내가 지금 열심히 오늘을 살아나가는 이유는 내 멋질 오십 대가 너무 기대되기 때문이다. 열심히 좌충우돌 살아온 지난 경험을 누군가에게 물려주고 싶기 때문이다. 늦었다고 생각되는 그 시간이 시작하기 가장 좋은 때라고, 어떻게 할지 막막했던 일들이 내게도 일어난다고, 그렇게 나도 살아왔으니 당신도 충분히 용기 낼 수 있다고 자신 있게 말하고 싶다.

설마, 내가 마술사가 되겠어?
설마, 내가 대학원을 가겠어?
설마, 내가 강연가가 되겠어?

남들은 내게 에너지가 넘친다고 말한다. 그것은 내가 특별히 건강하다거나 보약을 먹어서 그런 것은 아니다. 다만 나는 에너지를 얻는 방법을 알고 있다. 그것은 바로 '성취감'이다. 노력과 연습을 통해 설마 했던 일들을 성취했고 이를 통해 설마 했던 일들을 이루어 냈다.

나의 성장을 맛보면 반드시 그날이 온다.

♣ 욕심은 내되, 조바심은 접자

아직 안 가 본 길이기에 불안하고 서툴다. 하지만 지금부터 부딪치고 해 보고 또 알아 가고 깨달으면 된다고 믿는다. 책임의 크기가 직함을 결정한다. 좀 서툴면 반복해서 익숙해질 때까지 익히면 되고, 누군가 같은 것을 하고 있다면 나는 그와 다르게 하면 된다. 운동할 때 안 쓰던 근육을 쓰면 무척 힘들고 아프다. 그때가 바로 근육이 만들어지는 시간인데 우린 그때 힘들다고 운동을 그만둔다. 내게 마술은 늘 그런 것이었다. 힘들어서 포기하고 싶을 때 더 연습에 매달리면 어느새 내 몸이 마술을 습득하고 있었다. 미래에 대한 욕심은 내고, 조바심은 접어야 한다.

♣ 이 세상에 가슴이 뛰는 일은 없다

관상어 중에 '코이'라는 물고기가 있다. 코이는 작은 어항에다 기르면 5~8cm밖에 자라지 않지만, 커다란 수족관이나 연못에 넣어두면 15~25cm까지 자라고 강물에 방류하면 90~120cm까지도 성장한다고 한다. 같은 물고기이지만 어항에서 기르면 피라미가 되고 강물에 놓아두면 대어가 되는 신기한 물고기가 코이다.

주변 환경에 따라, 생각의 크기에 따라 엄청난 결과의 차이가 만들어진다는 '코이의 법칙'.

이 세상엔 가슴이 뛰는 일은 없다. 단, 내가 내 생각의 크기를 전환해 가슴이 뛸 때까지 하면 되는 것이다. 당신은 어항, 수족관, 연못, 강물 중 어디서 성장하고 싶은가? 오늘 당장 당신의 꿈의 공간을 강물로 이동해 보는 건 어떨까?

♣ 퍼즐 같은 인생에 한 조각이 되자

우리는 저마다 퍼즐 같은 인생을 산다. 내가 스토리텔링으로 하는 퍼즐 마술이 있는데, 마지막 멘트는 다음과 같다.

"여러분! 퍼즐 같은 인생에 한 조각이 되십시오. 당신이 없이는 완성될 수 없도록 말이죠!"

저마다 다른 색깔로 다양한 사람들이 사는 인생에서, 갈 곳을 잃어버린 퍼즐 조각이 아니라 내가 없인 완성될 수 없는 소중한 퍼즐 조각으로 살고 싶다.

먼 훗날, 내가 보낸 사십 대의 인생 스토리가 누군가의 꿈이 되고 길이 되길 소망하며 사십 대 중반을 향해 달려가고 있다. 이삼십 대 시절에는 이렇게 말도 잘하고, 똑똑한 나를 왜 찾는 사람이 없을까 하며 교만했던 때가 있었는데, 저마다 다 때가 있고 날개를 다는 때가 있는 것 같다.

내 나이 오십 대엔 더 성숙하고 깊이 있는 강연을 하는 마술사로 성장해 있지 않을까?

당신을 위해 길이 솟아오르기를.
항상 당신 뒤에서 바람이 불어 주기를.
당신의 얼굴에 햇살이 들기를.
당신의 땅을 부드럽게 적셔 주는 비가 내리기를.
우리가 다시 만날 때까지
부드러운 신의 손이 당신을 잡아 주기를.

- 아일랜드의 축복 기도

신석근
마술사의 이야기

수업 일기

> • 오늘의 수강생: 박현석
> • 오늘의 멘토: 신석근

토요일 아침에 출근을 해서 사무실 문을 여는 것은 참 괴로운 일이다. 한동안 토요일을 충분히 즐길 수 있어서 행복했는데, 꼭 토요일 오후에 마술을 배우고 싶어 하는 수강생 덕분에 당분간은 토요일 오후는 반납이다. 하긴 지금은 찬밥, 더운밥 가릴 때가 아니다.

이런저런 생각에 잠겨 있는데 연습실 문이 열리며 현석 씨가 들어온다.

"원장님 안녕하세요!"

"현석 씨 안녕하세요! 어서 와요. 시간을 칼같이 맞춰 오는군요?"

껑충하게 큰 키에 깡마른 체구, 눈매가 다소 무섭긴 하지만 웃는 얼굴이 서글서글한 것이 인상이 좋은 편이다. 직장생활을 하는 사람치고는 너무 표정도 밝고 자유분방하다. 오지랖도 넓고 사람 만나는 걸 좋아하는 스타일이다. 우연히 마술을 접하고는 한동안 열심히 독학을 하다가 한계를 느껴서 마술 학원에 등록했다는데 꽤 감각이 있다.

"우리 앉아서 잠깐 차 한잔 합시다. 우리 현석 씨는 어떤 마술을 주로 배워 보고 싶어요? 우리 첫날 오리엔테이션 때, 마술을 배우면 좀 더 재미있고 의미 있는 삶을 살 수 있을 것 같다고 했잖아요?"

현석 씨가 특유의 눈웃음을 지으며 대답을 한다.

"저야 뭐 가리는 거 없습니다. 다 배우고 싶은데요, 그래도 무대 마술을 배워야 사람들 앞에도 서고 폼 나지 않겠습니까? 비둘기 마술도 배우고 싶고요. 지팡이 마술, 로프 마술, 링 마술… 아이고, 배우고 싶은 게 너무 많습니다."

"현석 씨는 늘 의욕이 넘쳐 좋네요. 오후 시간 괜찮죠? 마침 요 앞 백화점에 친한 마술사 한 분이 오늘 공연을 합니다. 우리 같이 가서 봅시다."

"정말요? 누구신데요? 유명하신 분인가요? 보고 싶습니다!"

"그분도 현석 씨처럼 직장생활을 오래 했어요. 지금은 퇴사하고 마술사로 제2의 삶을 살고 있지요. 요즘 회사 그만두고 나서 사는 게 그저 행복한 사람이에요. 하하. 실력도 좋고 마인드도 좋은 사람입니다. 만나 보면 좋아할 거예요. 걸어서 5분도 안 되는 거리니까 한번 가 봅시다."

잠시 후 백화점 이벤트 홀에 공연 준비를 하고 있는 신석근 마술사를 발견했다.

"형님! 오랜만입니다. 오늘 공연 뭐 해요? 하하."

"어, 조 교수 왔어? 어떻게 알고 왔어? 그러잖아도 공연 끝나면 가 보려고 했지."

"그러실 거 같아서 먼저 왔습니다. 오랜만에 형님 공연하시는 거 보려고요. 저는 형님 공연 보면 참 재미있고 좋더라고요."

신석근 마술사가 함박웃음을 지으며 너스레를 떤다.

"뭐 맨날 똑같지. 오늘 잘해야겠네. 하하. 근데 옆에 같이 온 분은 누구셔?"

"아, 인사하세요. 저희 수강생이에요. 박현석 씨. 지금 직장생활하면서 마술 열심히 하는 마니아예요."

"처음 뵙겠습니다. 반갑습니다. 박현석입니다."

"아, 반가워요! 나도 직장생활하면서 마술 취미로 하다가 지금은 회사 때려치우고 마술해요."

"부럽습니다. 저도 회사 그만 다니고 싶은 마음은 굴뚝인데 도저히 용기가 안 나서요."

"자, 자, 우리 신석근 마술사님은 한 번 얘기를 시작하면 시간 가는 줄 모르시거든요. 우리 객석에 가서 공연 재미있게 보고, 그다음에 얘기 나눕시다. 형님, 공연 잘하세요. 파이팅!"

"그래그래, 알았어. 이따 봐."

잠시 후 신석근 마술사의 공연이 무대에서 펼쳐진다. 자기 관리를 잘한 탓에 몸도 좋고 마술도 깔끔하다. 무대 위에서 한 시간 동안 저렇게 열정적으로 지치지 않고 에너지를 뿜어낼 수 있는 사람이 몇이나 될까 싶다.

공연이 끝나고 같은 층에 있는 커피숍에 앉아 신석근 마술사를 기다린다. 잠시 후 신석근 마술사가 다가오자 현석 씨가 벌떡 일어나 꾸벅 인사를 한다.

"오늘 대박이었습니다. 정말 잘 봤습니다. 고맙습니다."

신석근 마술사가 손사래를 치며 자리에 앉는다.

"아이고, 오늘 관객석에 마술사가 둘이나 앉아서 그런가, 영 안 풀리데."

"안 풀리긴요. 엄청 잘하시기만 하더이다. 하하. 늘 열정적이세요. 도대체 어디서 그런 에너지가 나오는 거예요? 나도 좀 나눠 주세요. 우리 현석 씨한테 형님 얘기 좀 들려 주세요. 도움이 많이 될 거예요."

달콤한 상상의 시작

♣ 딴짓의 시작

직장인에게 딴짓은 어떤 의미일까? 23년간 직장생활을 하다 퇴직 후 프로 마술사로 활동하고 있는 특이한 경력은 우연한 딴짓으로 시작되었다. 마술사 이전의 내 직업 경력은 첫 직장인 디젤엔진 연료분사장치 제조회사에서 연구원으로 23년간 근무한 것이 전부이다. 기술 전문성도 높았고 회사 내에서도 인정받고 있었기 때문에 이직은 생각한 적이 없다. 하지만 지금은 마술사의 삶을 살고 있다. 전문 엔지니어와 전혀 관계없는 마술사로의 변화는 스펙터클해 보일지 모르겠다.

변화는 아주 우연한 계기로 시작되었다. 아내가 어린이집을 운영하고 있었는데, 어린이집 친구들에게 간단한 마술을 보여 준 것이 그 시작이었다. 정식으로 배운 마술도 아니었는데 아이들의 반응은 뜨거웠고, 이는 내게 마술에 빠져들게 하는 계기가 되었다. 요 친구들에게 다음에 더 멋진 마술을 보여 주고 싶은 욕심이 생겼다. 집에서 열심히 인터넷 검색을 하여 몇 개의 동영상을 찾았다. 그렇게 찾은 동전 마술 영상은 그날부터 회사밖에 모르고 살던 나를 마술에 미치게 만들었다. 돌이켜보면 그때부터 3년간 마술에 미쳐서 살았다. 연습만 하는 게 아니라 마술과 관련된 모든 글을 읽었고 기억했다. 또 유일하게 고급 마술(?) 정보가 공유되던 마술 카페의 오프라인 정모에도 참석했다. 지방에 살아 서울 걸음이 쉽지 않았지만, 마술 모임에 가는 길은 즐겁고 행복했다. 당시 마술 모임의 주 연령층은 중학생이었고, 한쪽 구석에서 이삼십 대 몇 명이 모여 앉아 중학교 친구들에게 고무줄 마술이나 카드 마술 등을 배웠다. 당시 모임에 참석하던 친구들이 지금 대학민국 마술계의 주축으로 활동하고 있으니, 지금 생각하면 그 카페 정모가 마술 사관학교 역할을 한 듯하다.

그즈음 나는 평택에서 팜매직(Palm Magic: 평택·안성 마술사 모임) 동호회를 만들었다. 마술 동호회를 만든 이유는 너무나도 부족한 정보와 자료 때문이었다. 팜매직의 특징은 회원 연령층이 무척 높았다는 것이다. 인터넷 카페 정모는 중학생이 주류여서 삼십 대 초반이었던 나는 어른 대접을 받았는데, 팜매직은 모든 회원이 직장인에 나이도 내가 중간이었으니 당시로는 파격적으로 나이가 많은 마술 동호회였다. 회원들 나이가 많아 내심 걱정을 했는데 그것은 기우였다. 팜매직 회원들의 열정은 대단했다. 또한, 노땅의 장점인 경제력은 팜매직의 큰 장점이었다. 당시 국내 매직 숍에서 구할 수 있는 도구는 종류도 다양하지 않았고 퀄리티도 고만고만한 수준이어서 우리는 외국 매직 숍을 활용하였다. 직구나 배송대행지가 없던 2003년에 외국에서 온라인으로 도구를 구매한다는 것은 나름 모험이었다. 그렇게 국내에서 구할 수 없는 마술 도구와 자료가 차곡차곡 쌓여 가면서 팜매직은 우리만의 색깔을 가질 수 있게 되었다. 우리 회원들은 한 달에 한 번씩 마술 도구를 발주하고 그 도구에 대한 정보를 공유하였다. 또한, 마술을 연구하고 토론하는 스터디도 하였다. 자신이 구매한 자료나 도구에 관해 연구하고 다른 회원에게 가르쳐 주니 그 효과는 대단했다.

그렇게 2~3년간을 마술에 미쳐 카드와 동전을 손에서 놓지 않고 머릿속에 마술에 관한 것만 생각하며 살았다. 그때 만들어 둔 실력이 지금 내 공연 실력의 기반이라고 생각한다. 마술 실력이 어느 정도 무르익고 나니 무대에 서고 싶은 마음이 커졌다. 생활 마술로 주변의 지인들에게 즐거움을 줄 수도 있었지만, 마술의 꽃이라고 하면 무대 공연 아니겠는가? 무대 공연에 대한 바람이 커서였는지 그 기회는 빨리 찾아왔다. 아내가 운영하는 어린이집의 재롱잔치에 내 공연을 올리기로 한 것이다. 그날 이후 나는 첫 무대에 선다는 설렘, 긴장감 그리고 20분 공연 구성을 위한 루틴 개발로 정신없이 하루하루를 보냈다. 드디어 공연 당일이 되었는데 첫 무대에 대한 긴장감과 무대 울렁증이 복통으로 찾아왔다. 기다리는 동안 응원

온 팜매직 회원들이 흡사 격투기 선수 경기 전처럼 나를 둘러싸고 팔다리를 주물러 주며 에너지를 넣어 줬다. 그리고 첫 무대. 지금도 잊을 수 없는 그 짜릿한 느낌은 나를 더 깊숙이 공연자의 세계로 끌어당겼다.

공연은 무사히 잘 끝났고 공연이 괜찮았는지 그 자리에서 다른 어린이집의 재롱잔치 공연을 3개 요청받았다. 물론 무료 공연이었다. 당시에는 마술사가 거의 없어서 마술이라는 콘텐츠 자체가 신선했던 시기이니 아마 선점에 의한 환대라 생각된다. 총 4번의 공연을 성황리에 마쳤고 4번의 맛난 식사 대접을 받을 수 있었다. 의미 있는 것은 그 4번의 공연 중 이를 관람한 이벤트 관계자에게 유료 공연 섭외가 들어온 것이다. 첫 유료 공연이었다. 유료 공연은 무료 공연과는 비교가 안 될 만큼 엄청난 스트레스를 안겨 주었다. 게다가 첫 유료 공연의 관객 수는 무려 1,000명이나 되었다. 새로이 도구를 준비하고 연습에 정진하여 첫 유료 무대를 마칠 수 있었다. 첫 공연부터 유료 공연까지 3달, 횟수로는 5번째 공연이 첫 유료 공연이었다. 이때부터 프로로 입문했다고 보는 것이 맞을 것 같다.

열정을 바치고 노력하는 만큼 나는 성장하고 있다. 이제 전업 마술사로 전환한 지 1년이 조금 넘는다. 아직도 배울 것이 많고 생각할 것도 많다. 하지만 내가 좋아하는 일을 하면서 살아갈 수 있다는 것에 만족감을 느낀다. 직업을 본인이 좋아하는 경우는 거의 없다. 나 또한 회사에 다닐 때는 억지로 보람을 갖다 붙여 위안으로 삼을 뿐 일하기 싫었고, 어쩌지 못하는 상황 속에서 출구를 찾는 일이 싫었다. 나의 탈출은 '아주 작은 계기로 시작된 딴짓!'이 그 시작이었다.

♣ 선점하라

남들이 안 가 본 길을 먼저 가는 것은 매우 중요하다. 더욱이 그 방향이 내가 갈 방향과 맞는다면 그야말로 대박이다. 나는 스스로 마술을 잘한다고 생각하지 않는다. 하지만 마술을 빨리 시작했기 때문에 많은 기회가 주어졌고 그것이 단점을 메꿀 충분한 시간을 벌어 주었다. 이것이 바로 선점의 효과이다.

프로의 자질을 이야기할 때 나는 두 가지를 이야기한다. 첫 번째는 재능론, 두 번째가 활주로론이다. 재능론은 당연한 것이고 활주로론은 활주로가 충분히 깔려 있으면 재능이 부족하더라도 언젠가는 날 수 있다는 이론이다. 활주로의 길이는 경쟁과 운과 사람이 좌우한다. 난 적어도 일찍 시작해 선점했다는 운은 지녔다. 큰 경쟁 없이 충분한 공연 기회를 얻어 긴 활주로를 달려 이륙하였으니 말이다.

2005년 마술 분야 최초로 한국문화예술위원회에서 문화예술지원사업에 선정되었는데, 그때만 하더라도 우리 팜매직은 아마추어 팀이었다. 하지만 선점 효과 때문에 한국문화예술위원회 공모 사업에 선정될 수 있었다. 이후 이를 발판으로 경기도 찾아가는 문화 활동, 경기문화재단 공연 사업 등에 선정될 수 있었다.

혹 취미 생활이나 새로운 배움 등 딴짓을 생각하는 분들이 있으리라. 그 딴짓의 시초는 선택일 것이다. 하지만 단순히 마음이 끌려서 선택하는 것보다는 전략적으로 생각해 보는 것이 필요하다. 새로운 시작을 원하는 주위 사람들에게 이야기한다. 남이 안 하는 것, 시작만으로 경쟁력을 가질 수 있는 것, 선점할 수 있는 것을 하라고. 경쟁이 아예 없는 분야라면 취미 정도의 실력만으로도 프로가 될 수 있다.

그런 선점 가능한 콘텐츠가 어디 있느냐고 묻는 분이 많다. 마술은 우연히 나에게 다가왔지만, 그 후로 선택한 콘텐츠는 철저히 경쟁력을 따져보고 선택하였다. 이렇게 선택한 것들이 복화술과 콘택트 저글링 그리고 미디어 아트이다. 이들은 마술과 유사한 점이 많고 마술과의 융복합에도 어색하지 않을 뿐 아니라 그 본질도 마술과 유사성이 높다. 그중 내가 매력적으로 보고 있는 것은 복화술이다. 복화술은 복화술사가 주인공이 아니므로 공연자의 나이나 외모에 크게 영향을 받지 않는다. 더구나 장비가 많이 필요치 않아 연습 외의 진입장벽이 높지 않다. 무엇보다 중요한 것은 아직 우리나라에 복화술 시장이 열리지 않았다는 것이다. 이 때문에 최근 마술보다는 복화술 콘텐츠와 공연 개발에 비중을 높이고 있다.

주위에 좋은 특기를 가진 친구들이 많다. 기타나 바이올린 등의 악기를 수준 있게 연주하는 친구들과 노래를 아주 잘하는 보컬도 있다. 하지만 악기나 노래의 결정적 단점은 경쟁이 심하다는 것이다. 노래를 잘한다고 해도 공모나 경연 대회에 나가서 수상권 안에 드는 것은 하늘의 별 따기일 것이다. 물론 취미 생활로 생각한다면 이것저것 따질 것 없다. 나도 처음엔 취미 생활로 시작한 것이 마술이다. 다행히 그 선택은 내게 행복한 결과를 가져다주고 있다. 이왕 시간과 경제력을 투입하는 취미 생활이라면 먼 앞길까지 생각해 보는 것도 나쁘지 않다.

그렇다면 선점할 수 있는 콘텐츠는 어디서 정보를 얻어야 할까? 방법을 추천하자면 유튜브이다. 옵티컬링(콘텐트저글링의 일종)을 연습하고 있을 때 유튜브 관련 영상으로 부갱(Buggeng)이라는 콘텐츠가 추천 검색되었다. 부갱은 착시를 이용하여 환상적인 분위기를 만들어 내는 공연 콘텐츠이다. 옵티컬 링을 완성한 후 다음 타깃으로 부갱을 선정하여 무려 2년의 연습 끝에 무대에 내 공연으로 올릴 수 있게 되었다.

최근에는 프로젝션 맵핑, 미디어 아트에 빠져 있다. 그리고 미디어 아트와 마술의 융복합 공연을 기획 중이다. 새로운 것을 향한 도전과 성취의 과정이 너무 즐겁고 행복하다. 물론 연습과 수련의 과정은 너무나 힘들고 외롭다. 하지만 나는 자신과의 싸움에서 승리했을 때 얻는 기쁨과 희열을 경험해 보았기 때문에 그 과정을 즐거운 마음으로 감당할 수 있다.

♣ 취미, 마니아, 프로

분야가 무엇이든 대화를 하다 보면 취미, 마니아, 프로에 관한 이야기가 나온다. 이 간단한 질문에 대한 정의는 명확하지가 않다. 초심자는 취미, 공력을 쌓은 사람은 마니아, 전공하면 프로라는 정도로 불분명한 구분 기준을 들 뿐이다. 세 가지 단계를 모두 거친 마술사로서 내 나름의 기준은 다음과 같다.

- 취미: 시간을 주로 투입하는 경지
- 마니아: 시간과 더불어 경제적 투자를 하는 경지
- 프로: 마니아 중 끼와 재능이 있는 경우

이런 구분에 동의하지 않는 분도 계시리라 생각이 된다. 몇 년 전 우리 팜매직 회원 중 한 명을 프로 마술사로 데뷔시킨 적이 있다. 20분의 공연을 구성하여 연습시켜서 공연에 내보냈다. 그런데 프로 마술사로 공연을 나가려니 공연복과 장비가 필요한데 준비가 안 되어 있었다. 결국은 내 장비와 복장을 지원해 주어서 공연을 잘 마치도록 해 주었다. 나는 오랜 기간 마니아 과정을 거쳐서 장비와 공연복을 갖추고 있는 상태로 프로 마술사가 되었으므로 갑작스러운 준비라는 것을 생각하지 못했다. 만약 그 친구가 마니아 경지였다면 아마 무리 없이 마술사로 활동을 시작해서 천천히 성장할 수 있었을 것이다.

나는 초기에 월급의 10% 이상을 마술에 투자했다. 확실히 빠르게 마니아가 된 것이다. 여기에는 계기가 있었는데 초기에는 마술 도구값이 상당히 비쌌다. 지금 가격의 10배로 생각하면 맞을 것이다. 하물며 18년 전이니, 당시 가격은 부담이 컸다. 비용을 절감하기 위해서 동호회 회원들과 함께 도구를 구입하고 상상력만으로 도구를 만들어 쓰는 일도 많았다. 그러던 중 서울 정모에서 만난 마술계 선배가 마술에 지출한 거액의 금액(?)을 듣고 놀란 적이 있다. 집으로 돌아오는 내내 투자라는 단어가 머릿속에서 떠나지 않았다. 항상 마술 지식과 새로운 정보에 목말라 있었고 원하는 성장 속도에 못 미쳐 불만이 많았는데, 그 한계를 넘을 수 있는 답을 발견한 것이다. 무엇인가를 희생하지 않으면 항상 제자리걸음일 수밖에 없다는 것을 깨닫게 된 것이다.

이것은 비단 금전적인 이야기를 하는 것만이 아니다. 시간 또한 마찬가지이다. 회사에 다녀야 하고 아이들과 놀아 줘야 하며 직장 생활에서 진급을 위해 전공 공부와 어학 공부까지 하느라 24시간이 모자랄 삼십 대 초반이었다. 이후 나의 시간과 경제적 투자에 대한 것은 원칙을 정하고 당연한 것으로 생각하도록 생각하기로 했다. 방향이 정해지면 우물쭈물할 이유가 없다. 남들과 똑같이 즐기고 누려서는 절대 성취할 수 없다. 재능을 타고난 사람일지라도 마찬가지이다. 유한한 시간과 경제력 안에서는 무엇인가 양보를 해야 성장할 동력을 만들 수 있다. 이때 이것저것 재면서 주판을 두드리게 된다면 고수의 영역으로 접근할 수가 없다. 그냥 아마추어에 머무를 뿐이다.

구슬이 서 말이라도
꿰어야 보배

♣ 꾸준함이 답이다

처음 마술을 시작할 때의 연습에 얽힌 일화가 많다. 손에 있던 카드를 없애는 마술의 기본 기술이 있다. 카드를 손등 뒤로 넘겨서 사라지게 하는 것이다. 이게 말은 쉬운데 카드가 카드는 내 손에 잘 붙어 있질 않았다. 당시 부드러운 카드가 없어 빳빳한 카드로 연습했는데 카드가 손에서 벗어날 때마다 탄성 때문에 팅팅 튕겨 나갔다. 성공 확률 100%를 목표로 카드 한 장을 손에 쥐고 살았다. 잘 때도 카드를 손에 들고 잤으니 말이다. 한 달 후 어느 정도 자연스러운 연출이 가능해졌다. 이제 어느 정도 되었다고 생각하며 주변 사람들에게 마술을 보여 주기 시작했다. 그때의 성공률이 90% 정도 되었던 것 같다. 하지만 착각이었다. 90%면 높은 확률이라고 말씀하실지 모르겠지만, 거꾸로 생각하면 열 번을 시연하면 반드시 한 번 실패를 하는 것이 90%이다. 아홉 번은 탄성을 듣고 한 번은 웃음거리가 되는 것이다. 시간이 더 흘러 1~2년이 지난 후 성공률 99%가 된 듯하다. 나는 항상 마지막 10%는 1년 이상의 시간이 소요된다. 완성은 오로지 꾸준함에서 열매를 맺는다. 재능이 있느냐 없느냐는 완성까지 이르는 시간에 약간의 차이를 줄 뿐이다.

　처음 마술을 시작했을 때 나만의 고민이 있었다. 그것은 마술의 주문을 외울 때 중지와 엄지를 튕겨서 내는 '딱' 소리였다. 명쾌한 소리를 낼 필요가 있었는데 나는 평생 핑거 스냅을 성공한 적이 없었다. 연습해도 안 되어 불가능하다고 생각했다. 점차 주변에 마술한다는 것이 알려지고 마술을 보여줄 기회가 늘어난 상황에서도 여전히 그놈의 핑거 스냅이 되지 않아 흉내만 내며 입으로 소리를 내었지만, 그것도 한계에 다다랐다. 그래서 새롭게 연습을 시작했다. 당연히 소리가 제대로 나지 않았지만, 꾸준히 연습했다. 그러던 어느 날 듣기 나쁘지 않은 소리가 조금씩 들리기 시작하더니 명쾌한 소리가 점차 잦아지게 되었다. 이 경험을 통해 연습량은 모든 것을 초월한다는 간단한 진리를 알게 되었다. 별것 아니지만 스스로 쌓은 유리벽을 처음 깨 본 것이다. 처음 도전하는 것에 대하여는 고정관념이 없기 때문에 노력하면 된다고 생각했지만, 평생 안 된다고 생각했던 것이 실현되니 새삼 꾸준함의 위력을 알게 됐다. 연습량을 이길 수 있는 것은 아무것도 없다. 재능보다 학습 능력보다 중요한 것은 바로 꾸준함이다.

　옵티컬링은 8자처럼 생긴 콘택트 저글링이다. 트릭이 없기 때문에 오로지 손 기술에 의지해야 하는 고난도 퍼포먼스이다. 옵티컬 링을 연습하기로 마음먹고 세 달간 아무런 기술 없이 링을 돌리는 연습만 했다. 도구 개발부터 연습까지 유튜브를 보고 아무런 기초 없이 독학으로 무작정 시작한 것이다. 석 달이 지나니 웬만큼 떨어뜨리지 않는 수준이 되었고, 1년 이상이 지난 후 공연에 올릴 수 있었다. 현재까지도 가장 잘 활용하고 있는 공연 콘텐츠로 자리를 잡았는데, 이 또한 완전히 내 공연이 될 때까지는 3년이 걸린 것 같다. 외부적 요인(바람, 온도)에 영향을 받는 특성상 100% 공연이 되기 위해서는 연습 실력은 120%가 되어야 했다. 현재는 99%라고 스스로 생각하고 있다. 옵티컬링은 워낙 수련 기간이 길어 국내에서 공연으로 올리는 마술사가 많지 않다.

이 대목에서 내 손이 느리고 소질이 없는 것이 아닌가 하는 의문을 품는 분이 계실 듯하다. 이 시기, 나는 회사에서 대리 직책으로 너무나도 바쁠 때였고 연습에 투입할 수 있는 시간은 극히 적었다. 돌이켜 생각해 보면 그런 제한적인 시간의 주어짐에 더 천천히 거북이처럼 한 걸음 한 걸음 전진해 갈 수 있지 않았나 싶다.

♣ 오도가도 못하는 상황을 만들고 즐기자

사람의 의지라는 것은 갈대와 같다. 싸움 중 가장 힘든 싸움이 자신과의 싸움이다. 연습하기 싫고 굶기 싫고 맛난 것 먹고 싶고 눕고 싶고 따듯한 이불 속에서 조금 더 자고 싶고. 사람 마음은 다 똑같지 않을까? 어렸을 때 집에서 별명이 느림보였다. 아마도 부모님은 느리기보다 게으르다고 보신 것 같다.

아무런 상황 없이 온전히 자신의 의지만으로 자신과 싸우는 경우 누구라도 백전백패할 것이다. 시험이 앞에 있어야 공부를 한다는 것을 교육자들은 잘 알기 때문에 정기적으로 학기초고사와 중간고사, 기말고사라는 제도를 만들지 않았을까? 학교를 떠나고 나면 시험 같은 통제 상황이 없어지기 때문에 자기 계발에 소홀해진다. 더욱이 밥벌이와 관계없는 취미 생활이야 오죽하겠는가. 마술을 시작하면서 팜매직을 조직했고 회원들의 실력이 조금씩 늘기 시작하면서 난 사고를 치기 시작하였다.

첫 사고가 공원에서 야외 매직 콘서트를 기획한 것이다. 말이 콘서트지 제대로 된 음향이나 조명도 없던 우리는 포터블 하나만 가지고 무모한 도전을 했다. 당시 팜매직 회원들에게 절대적으로 필요했던 것이 공연 경험이었다. 나는 개인적으로 경험을 쌓을 수 있었지만 다른 회원들은 기회가 없어서 실력이 느는 것에 한계가 있었다. 회원들에게 한 달 후 공연을 공지하고 각자 맡을 파트를 알려주었다. 그때부터 회원 모두가 난리가 났다. 이 첫 행사로 회원들은 기본적인 실력과 경험을 한 단계 올릴 수 있게 되었다. 매직 콘서트 공연 후 자신감도 생기고 더 큰 욕심이 났다.

두 번째는 조금 더 큰 사고를 기획했다. 그것이 바로 팜매직 콘서트 1회 공연이었다. '청소년을 위한 마술의 밤'이라는 제목을 붙이고, 공연장을 대관하여 90분간의 모양을 갖춘 매직 콘서트를 기획한 것이다. 지금이야 누구나 할 수 있는 일이겠지만 18년 전 아마추어 마술사들에게는 쉽지 않은 도전이었다. 이 공연은 자금력도 필요했으나 아마추어 모임에서 공연 자금을 후원받기란 쉽지 않았다. 회원들에게 스폰서를 할당하고 리플릿을 찍어 광고를 넣기로 했다. 그래서 팜매직 콘서트 1회 리플릿은 김치, 어린이집, 약국, 병원 광고가 들어가 있다. 물론 회원들과 지인들의 사업장 광고였다. 청소년을 위한 마술의 밤 콘서트는 공원 공연과는 수준이 달랐다. 회원들의 마음가짐은 흡사 전장에 나가는 군인과 같았다. 공연의 구성을 풍성하게 하기 위하여 소재 중복 없는 마술과 장르를 섞어 회원들에게 과제로 안겼다. 그리고 나는 공연 연구 및 연습과 회원들의 실력 향상 지원에 최선을 다했다. 결과는 어떠했을까? 평택 청소년문화센터 전 좌석이 꽉 찼고 공연 시작부터 무대 인사까지 박수와 환호성이 끊이질 않았다.

　마술이 대중화되기 전이라서 평택에서 직접 마술을 본다는 것 자체가 이슈가 될 일이었다. 우리가 잘한 결과라기보다 마술이라는 콘텐츠 자체의 힘일 것이다. 1회 팜매직 콘서트를 마치고 회식 자리에서 한 명씩 소감을 이야기할 때 눈물이 핑 돌았다. 무대에서 느낀 희열과 짜릿함 그리고 그 준비 과정의 어려움, 차오르는 보람과 자긍심, 말로 표현할 수 없는 기분이었다. 첫 콘서트의 감동을 잊지 못하고 콘서트를 16회째 이어 오고 있다. 장장 16년간을 매년 지속해 온 것이다. 올해도 팜매직 콘서트를 해야 하는데 이젠 관객분들 눈높이도 너무 올라갔고 힘에 부친다. 하하.

　내가 저지른 가장 큰 사고는 4회 팜매직 콘서트 시기에 기획된 '팜매직 페스티벌'이었다. 아무리 생각해도 그때 제대로 미쳤던 것 같다. 회사원이 직장 다니며 짬짬이 마술하기도 바빴을 텐데 전국 규모 마술 축제를 기획했으니 말이다. 당시 콘서트도 3회를 하다 보니 뭔가 더 보람차고 의미 있는 일을 해 보고 싶었다. 바로 그것은 평택을 마술의 도시로 이미지화하는 것이었다. 춘천의 마임 축제를 모델로 마술 콘텐츠를 평택이 선점하여 브랜드화하고 싶었다. 부산에 빔프(BIMF)라는 마술 축제가 있었지만, 부산 정도의 대도시는 콘텐츠 선점 대상이 아니므로 마술은 아직 무주공산이라는 생각이 들었다. 내가 사는 평택을 마술 축제의 도시로 만들고 우리 팜매직이 그 씨앗 역할을 할 수 있다면 그것만으로도 가슴 뿌듯하고 보람차리라는 확신이 들었다.

평택 시장님께 장문의 글을 써 시청 게시판에 올리고 경기문화재단과 평택시에 공모 접수를 하였다. 다행히 경기문화재단 사업에 선정되었다. 예산은 부족했지만, 나머지는 평택시에서 지원받아 채울 생각이었다. 마술 강습회, 클로즈업 부스, 도구 숍, 야외 공연, 마술 대회, 갈라 쇼 등으로 꾸며진 일일 축제로 구성하였다. 그런데 예상치 않게 평택시에서 사업이 탈락하였다. 이유를 알아보니 경기문화재단과 동일한 사업에 대하여서는 중복 지원을 할 수 없고 후원에 평택시라고 기재할 수도 없다는 것이었다. 나는 시간을 내어 시청에 방문해 문화예술 과장님을 설득했다. 평택을 대표하는 문화예술이 없는 상황에서 이런 좋은 콘텐츠를 평택 시민이 개최하겠다는데 평택시 이름을 쓰지 못하면 무슨 의미가 있겠느냐면서 열변을 토했다. 지금 생각해 보면 별놈 다 있다고 생각했을 듯하다. 취미가 마술인 회사원이 마술의 도시 평택을 운운하며 생떼를 부렸으니 말이다. 결국, 그 생떼가 먹혀서 문화예술 과장님 재량으로 운용할 수 있는 지원금을 후원받고 평택시 후원 사업으로 추진하기로 했다.

기분 좋게 시청을 나왔지만, 고난은 그때부터 시작이었다. 그 당시에 이상하게도 우리 회원들에게 일신상의 변화가 많았다. 팜매직 열성 회원 중 이직하고 입대하는 회원이 생긴 것이다. 특히 신변의 변화가 있었던 회원들은 평소 많은 도움을 주던 분들이어서 타격은 더 컸다. 결국, 실질적으로 업무를 하고 추진할 수 있는 인원이 두 명으로 줄었다. 업무를 내부 업무와 외부 업무로 분장하고 외부 업무는 내가 수습해 나갔다. 대회 심사위원 섭외부터 출전자 영상 접수, 1차 심사, 게스트 마술사 섭외, 클로즈업 부스 마술사 섭외, 마술 강사 섭외 등 할 일은 너무나도 많았다. 이 무렵 회사에서는 국내 디젤엔진 개발 업무를 맡고 있어서 회사 업무도 만만치 않을 때였다. 대회 막바지에는 업무, 일정표, 스태프 이름표, 상장, 무대 배경, 타임라인 등등을 준비하느라 마음고생, 몸 고생을 진하게 겪었다. 일화로 페스티벌 일정 중 KBS 〈카네이션 기행〉이라는 프로그램에서 방송 촬영을 하였는데 방송 출연 후 온 전화는 모두 내 건강 걱정이었다. 아마도 파김치 상태에서 방송에 나갔던 것 같다.

행사 당일 모든 출연진의 전화와 문의는 내게 쏟아졌고 출연자 안내와 가이드, 기타 행사를 진행하며 발생한 문제점 해결 등 많은 일을 해야 했고 내 공연도 해야 했다. 팜매직 페스티벌은 12명의 마술 대회 출전자를 비롯하여 참여 마술사만 40명이 넘었고 3,000명 이상의 시민이 참여한 행사였다. 정신없는 가운데 팜매직 페스티벌은 훌륭히 마쳤다. 칭찬도 많이 들었고 성취감도 많이 느꼈다. 하지만 확실히 무리해서인지 후유증으로 매우 힘들었다. 일단 건강이 많이 상했고, 몸과 마음이 지쳐 버렸다. 게다가 욕심이 과해 1년 예산을 단 한 번의 페스티벌에 쏟아부어 재정난도 겪었다. 행사 후 나의 마술 인생에서 가장 무기력한 1년을 보냈다. 그때 확실히 느낀 것이 있다. '내가 감당할 수 있는 만큼만 사고를 치자'라는 것. 이것은 큰 교훈이다. 사업에 실패하는 원인은 열정과 욕심을 제어하지 못함인 경우가 대부분이다. 페스티벌 경험을 통해 과한 열정을 제어하는 법을 배웠고, 감당할 수 있는 만큼의 기획을 수립한다는 원칙이 세워졌다.

내가 겪은 에피소드를 통해 이야기하고 싶은 것이 있다. 나를 발전시키기 위해서는 내가 할 수밖에 없는 상황을 만드는 것을 권한다. 책임감이 따르도록 말이다. 아무도 내게 콘서트나 페스티벌을 하라고 요청한 사람은 없다. 스스로 약속하고 책임감을 갖고 행사를 기획하고 공론화시키고 추진해 나가는 과정에서 힘들고 스트레스도 많았지만, 대부분은 신명 나게 성취하여 왔다. 그리고 성취하는 횟수가 많아질수록 조금씩 발전해 왔다. 이것은 팜매직 구성원들도 마찬가지이다. 문화예술 불모지인 평택 지역에서 팜매직은 마술 프로 공연자와 교육자가 다수 활동하고 있다. 이는 나뿐 아니라 팜매직 회원 모두가 그만큼 성취해 온 결과이다.

내가 제일 많이 듣는 말이 있다. 왜 피곤하게 일을 만드느냐라는 말이다. 하지만 그분들이 모르는 것이 하나 있다. 나는 내가 재미있는 일만 하고, 그 과정을 즐기고 완수 후에 보람을 느낀다. 사고를 안 칠 이유가 없지 않을까? 재미있는 일을 만나면 그날부터 나의 머릿속에서 시뮬레이션이 쉴 새 없이 돌아간다. 콘서트 기획을 하면 머릿속으로 내내 콘서트를 진행하고, 페스티벌 기획을 하면 페스티벌의 아침부터 저녁까지 하루가 머릿속에서 돌아간다. 머릿속에서 행사의 즐거움을 방해하는 요소를 찾아 해결하고 또 다른 방해 요소를 찾는다. 가장 행복한 순간을 목표로 준비하니 과정이 즐겁고 일로 생각하지 않으니 부담이 적다. 사실 가장 좋은 것은 콘서트 후의 회식 자리이다.

♣ 새로움에 대한 도전

마술을 취미로 즐기던 내가 프로 마술사가 된 비결은 꾸준히 지속해 온 콘서트의 힘이다. 요즘처럼 빠르게 변화해 가는 세상에서 느림과 꾸준함은 미덕만은 아닐지도 모르지만 15년을 지속해 온 콘서트는 내게 풍성한 공연 콘텐츠를 안겨 주었다. 한 공연에서 적어도 새로운 공연을 2개씩은 선보였으니 단순히 생각해 봐도 30개의 공연이 된다. 이것을 시간으로 환산해 보면 120분이라는 시간이 나온다. 물론 그 30가지 마술 가운데 버려지는 공연이 더 많다.

하지만 고심해서 선택한 60분은 남을 터이니 더 좋은 공연이 나올 수 있다. 120분을 60분으로 압축한 공연과 간신히 끌어 모아 60분을 채운 공연은 차이가 날 수밖에 없다. 하지만 압축에도 한계가 있다. 시간이 늘어날수록 도구 간의 물리적 충돌도 늘어나고 소재가 바뀌어도 반복되는 부분이 있다. 조금 더 관객의 호기심을 불러일으키고 다른 마술사들과 차별화되기 위해서는 또 다른 무엇인가가 필요한 것이다. 그래서 난 항상 융복합 가능한 다른 콘텐츠에 촉각이 곤두서 있다.

첫 번째 발견한 콘텐츠는 복화술이다. 단순한 인형극으로 생각하는 분들이 대부분인데 복화술은 소리의 마술이다. 인형극으로 접근하면 기대는 있을지언정 호기심은 뚝 떨어질 것이다. 복화술은 소리의 마술을 통해 캐릭터에게 생명을 불어넣는다. 복화술 속 캐릭터는 인형이 아닌 인격체가 되는 것이다. 그것은 나뿐 아니라 관객도 동일하게 느끼는 감정이다. 요양원에서 어린아이 캐릭터로 복화술 공연을 끝내고 나면 오서서 인형 손을 꼭 잡고 머리를 쓰다듬으며 "우리 손주가 예전에 이렇게 장난꾸러기였는데" 하시는 분들이 계신다. 다롱이(어린이 캐릭터 이름)를 인형이 아닌 손주뻘의 개구쟁이로 보고 감정이입하시는 것이다. 복화술을 소리의 마술로 인정하면 내 공연 안에서 녹여 내기가 쉽다. 이렇게 다른 장르와의 융복합은 큰 시너지를 준다. 단, 생뚱맞지 않고 잘 섞은 칵테일처럼 하나가 되어야 한다.

복화술이 공연 안에 들어오고 나서 더 공연을 즐길 수 있게 되었다. 개인적으로 대화형 마술을 좋아하지 않는 나로서는 관객과 함께 호흡하고 대화할 수 있는 강력한 콘텐츠가 영입된 것이다. 복화술의 장점은 현장성이 강하다는 것이다. 공연 중 캐릭터를 사용해 내 입장을 피력하고 관객과 대화를 나눔으로써 소위 관객을 들었다 놓았다 하는 관객 컨트롤 능력이 상승하였다. 또한, 주제 공연이 가능해졌다는 보너스도 있다. 마술 공연은 시각적 공연이다. 주제의식이나 메시지 전달은 마술의 화려한 시각적 전달 효과에 묻혀버리기 일쑤다. 하지만 복화술을 통해 관객이 대화 내용에 집중하도록 하여 내 생각을 전달하며 상황의 반전에 의한 관객들의 이해도를 높이고 관객과 함께 노는 느낌을 가질 수 있다. 마술이 상대적으로 단방향적이라면 복화술은 쌍방향적이고 소통적이다. 예를 들면 박수를 치라고 관객을 다그칠 수도 있고 대답을 안 했다고 호통을 칠 수도 있다. 관객과 함께 호흡하는 상호작용 기능이 강화된 것이다. 회사에 묶인 시절이라 복화술은 자료와 영상을 통해 독학으로 공부했다.

지금 내 버킷리스트 중 하나가 마술사를 벗어난 복화술사가 되는 것이다. 복화술사로 인형의 입을 빌려 내가 하고 싶은 이야기를 하고 관객과 함께 웃고 울 수 있는 공연자가 되어 가방 하나로 사람들에게 즐거움을 나누어 주고 싶다. 독자 여러분들에게도 권하고 싶다. 어느 분야에서도 활용이 가능한 복화술은 당신을 특별한 사람으로 만들어 줄 수 있을 것이라 확신한다.

두 번째 내 공연 안으로 들어온 콘텐츠는 콘택트 저글링이다. 유튜브 검색 중 알게 된 콘택트 저글링은 몸에서 떨어지지 않는 착시를 이용한 저글링으로 마술보다 더 신기한 저글링이다. 도전은 무식하게 시작했다. 사람들이 잘 알지 못하는 장르로 유튜브에 검색해 보면 다양한 영상이 나온다. 8링, 부갱, 크리스털 볼 등의 신기한 영상을 만날 수 있을 것이다.

최근은 미디어 아트 분야에 몰입하고 있다. 미디어 아트 퍼포먼스 공연을 보고 마술과의 융복합을 생각하였는데, 아직 우리나라에서 마술과 미디어 아트와의 융복합은 선도적이고 진입 장벽도 있으므로 충분히 공부하고 투자할 가치가 있다고 판단되었다. 이런 생각을 가졌을 때가 대학원 졸업 학기라 '미디어 아트와 마술 공연의 융복합'을 주제로 논문을 썼고 지금은 미디어 아트 마술 공연을 기획하고 있다. 문제는 어렵다는 것. 전문가 수준의 컴퓨터 프로그래밍 실력이 요구되기 때문에 아직 난항을 겪고 있다. 작품을 만든다면 전문가와 작업을 해야겠지만 내가 전문가 반열에 올라야 좋은 작품이 나올 것이기 때문에 부단히 노력하고 있다. 2020년에 첫 작품을 내는 걸 목표로 하고 있다. 멋진 작품이 나오기를 기대한다.

이외에도 마리오네트, 플로우 완드, 포이 등 생소한 것들을 찾아 내고 내 것을 만들기 위해 시도하고 노력하고 있다. 10년 전 대단한 마술사들의 공연이 10년이 지난 지금도 발전 없이 똑같은 경우를 본다. 내 공연을 풍성하고 관객이 중심이 되는 공연으로 만들어 가 기 위해서는 항상 새로움을 갈구해야 한다. 한국 사회는 변화가 빠 른 사회이다. 피곤하기는 하지만 덕분에 고속 성장과 지속적 성장 을 할 수 있었을 것이다. 새로움이 절대 선은 아니겠지만 새로움을 위해 노력하는 자세는 분명 정방향의 발전을 안겨 줄 것이다.

♣ 작은 목표가 나를 성장시킨다

새해가 되면 다양한 목표를 세운다. 물론 한 달도 안 되어 목표 를 잊는 경우가 많지만 말이다. 어릴 때 본 만화책에서 작은 나무 를 심어 놓고 매일 그 나무를 뛰어넘는 연습을 한 소년이 30년 후 큰 나무를 뛰어넘을 수 있게 된다는 내용을 본 기억이 있다. 만화 적 상상이긴 하지만 감당할 수 있는 허들을 계속 넘다 보면 넘을 수 있는 허들의 높이는 계속 높아진다는 것은 당연한 일일 것이다. 처음부터 높은 허들을 보면 한두 번 시도하다 포기할지도 모르지만 낮은 허들을 넘다 보면 성취감과 자신감이 생길 것이다.

'나는 세계 최고의 마술사가 될 거야'라는 큰 목표를 가지는 것도 좋다. 하지만 처음에는 목표가 없는 것도 나쁘지 않다. 큰 꿈을 가지고 시작을 하는 사람들이 중간에 실망하고 포기하는 것을 자주 봐 왔다. 나는 마술이 직장인으로서 하는 취미 생활이었기 때문에 중도 포기할 이유가 없었다. 마술에 대한 큰 목표 없이 잔잔한 성취를 이루다 보니 어느새 프로 마술사로 활동하고 있게 되었다. 아쉬운 것은 중도 포기를 한 친구들은 아예 마술에서 손을 놓는 경우가 많다는 것이다. 그만큼의 실력만 해도 직장이 있다면 정말 훌륭한 특기이고 활용할 기회가 많을 텐데 말이다. 그래서 나는 전업 마술사를 꿈꾸는 사람에게 전업을 목표하라고 권하지 않는다. 마술사도 경쟁이 치열해서 결과적으로 마술을 포기하는 경우가 많다. 오히려 목표를 낮게 잡으면 어떨까? 올해 '거리 공연 5번 하기'라든가, '요양원에서 공연 3번 하기'처럼 말이다. 작은 목표는 성취감을 주고 다음 목표를 설정하게 한다. 자신에게 본업과 별개로 색다른 특기가 있다면 그것은 상당히 강력한 삶의 에너지가 된다.

'자루 속의 송곳은 빠져나오기 마련이다'라는 속담이 있다. 특출한 재주를 가진 이는 감추려고 해도 밖으로 드러난다는 뜻이다. 뒤집어 이야기하면 송곳 같은 뾰족한 물건이 아니면 자루 밖에서 무엇이 들었는지 알 수 없다. 본업을 가지고 취미로 열심히 활동하는 경우 송곳이라면 밖으로 튀어나올 것이다. 여기서 필요한 것이 구체적인 작은 목표의 달성이다. 관객 인원, 공연 횟수, 공연 규모 등구체적 목표를 갖고 달성의 기쁨을 느끼는 것이 중요하다. 카드 마술 한 가지를 연습해서 거리에 나가 5명의 시민에게 보여 주는 것은 어떨까? 아니면 동전 마술로 가족들이 놀라는 해 주는 것을 목표로 삼으면 어떨까? 어려운 목표는 아니지만 완벽한 성공을 위해 동전 마술과 카드 마술을 열심히 연습하게 될 것이다. 이러한 목표를 달성하고 나면 작은 성취감과 함께 실력이 늘 것이다. 이렇게 작은 목표를 반복적으로 설정하면서 난이도를 조금씩 높여 가고, 나를 단련시키며 성장시키는 것이다. 오늘 당장 실현이 가능한 목표를 설정해 보는 것은 어떨까?

바보야,
중요한 건 에너지야

♣ 추진력은 에너지에서 온다

주변에 보면 에너지가 높은 사람들이 있다. 끊임없이 일을 만들어 내고 사고를 치는 것은 넘치는 에너지가 있기 때문이다. 에너지는 전이가 된다. 에너지가 높은 사람과 함께하면 그 사람에게 에너지를 받고, 에너지가 낮은 사람 옆에서는 내 에너지가 소진됨을 느낄 수 있다. 명강사들의 강의를 들어 본 적이 있는가? 명강사의 강의는 동기를 유발하고 기운을 얻게 한다. 공연자도 마찬가지이다. 공연자들은 에너지가 높은 편이다. 관객이 10명이든 1,000명이든 나의 에너지를 관객들에게 전달한다. 실제 공연을 해 보면 공연자는 관객에게 에너지를 받기도 하고 주기도 한다. 공연자들은 공연 전에 관객들에게 "여러분들의 박수와 함성은 공연자에게 힘을 줍니다"라는 멘트를 한다. 관람 안내이기도 하지만 공연자들의 간절한 부탁이다.

공연자나 강의자는 에너지 순환의 마중물 역할을 한다. 잔잔한 호수에 돌을 던져 물결과 파도를 만든다. 그것이 공연자의 역할이다. 공연자의 에너지가 높을수록 큰 돌을 던질 것이고 호수의 물은 더 크게 출렁일 것이다. 시간이 지나면 물은 다시 잔잔해지겠지만, 공연자는 계속 에너지를 던져 파도를 만들고 유지하는 것이다. 또한, 리듬을 맞추어 적당히 자극을 준다면 그 공진 효과로 그 파도의 에너지는 몇 배로 높아질 것이다. 만약 공연자의 에너지가 낮다면? 아마도 호수는 다시 잔잔해질 것이고 리듬의 부조화는 오히려 파도를 상쇄시켜 관객도 공연자도 하품하게 될 것이다.

일에 대한 추진력도 대인관계와 미래에 대한 설계도 에너지에서 시작한다. 기획자의 능력은 기획력과 실행력으로 대변된다. 좋은 기획은 창의성과 신선함 그리고 폭넓은 경험과 지식에서 나온다. 하지만 아무리 좋은 기획이라도 그것을 실행할 추진력이 없다면 몽상일 뿐 아니겠는가? 그러므로 실행력이 뒷받침되어야 한다. 기획이란 실행할 수 있는 것을 짜내는 것이기 때문이다. 결국 실행력이 기획력의 울타리를 넓힐 수 있는 것이다. 실행력은 에너지에서 나온다. 높은 에너지와 텐션을 유지하는 것, 공연자나 강의자뿐 아니라 일반인들에게도 무척 중요한 덕목이다.

공연자들은 "무대에 서면 그분(신내림)이 온다"라는 농담을 한다. 나도 대부분의 공연에서 그분이 오시는데 간혹 그분이 오시지 않을 때도 있다. 내 컨디션이 좋지 않거나 맘속에 걱정이 있는 경우 또는 관객의 텐션이 너무 낮을 경우가 그렇다. 요양병원 공연에서는 환우들께 돌을 던져도 출렁임이 없는 경우가 많다. 프로 공연자이니 이럴 때는 가상의 반응을 만들어 스스로 느끼는 방식으로 마인드 컨트롤을 한다. 그러다 보면 실제 관객들이 반응이 커진다. 일반적인 인간관계도 마찬가지이다. 만나서 에너지를 받는 사람이 있고 대화를 나누면 기운 빠지는 사람이 있다. 당신은 누구와 대화하고 싶은가. 당연히 활기차고 에너지를 뿜어내는 사람이 우선순위일 것이다. 나를 매력적으로 만드는 방법, 그것은 나의 에너지를 높이는 것이다.

♣ 잘 노는 놈이 일도 잘한다

학교에 다닐 때 공부도 운동도 노는 것도 잘하는 친구들이 있었다. 참 얄밉지 않은가? 시간이 지나고 생각해 보면 그 친구들은 에너지를 운용할 줄 아는 친구들이었다는 생각이 든다. 꼬마 친구들을 관찰해 보면 쉴 새 없이 움직이고 생각하고 사고를 친다. 꼬마들은 어떻게 저렇게 에너지가 높을까? 에너지는 어떻게 생기는 것일까? 에너지를 만드는 방법은 있을까?

꼬마 친구들은 하고 싶은 일들을 할 때 가장 활기차다. 억지로 공부를 하거나 방 정리를 하는 꼬마들은 시무룩하다. 나는 언제가 가장 활기찼던가를 생각해 본다. 공연할 때, 즐거운 자리에 있을 때 그리고 무엇인가를 이루기 위해 고민을 할 때 등 하고 싶은 일을 할 때 에너지가 샘솟는다. 우리 안에서 에너지를 높이는 일은 무척이나 중요하다. 어떻게 에너지를 관리해야 할까?

첫 번째, 쓸데없는 걱정을 줄이는 것이다. 나는 회사 생활을 할 때 당연히 회사 일에 전념했다. 디젤엔진 배기가스 규제가 강화되어 규제에 만족하는 디젤엔진 개발을 위해 머리를 싸맬 때였다. 엔진 개발이 난항에 부딪히고 그 해결 방법이 보이지 않아 너무 힘든 상황이었고, 퇴근 후 한 시간은 누워 있어야 다른 일을 할 수 있었다. 너무나 스트레스가 커 몸도 마음도 너무 지쳐 갈 때 한 글귀를 보게 된다. 우리가 하는 걱정 대부분은 일어나지 않을 일, 이미 일어난 일, 사소한 일, 어쩔 수 없는 일이며 내가 걱정해서 결과를 바꿀 수 있는 일은 4%뿐이라는 것. 생각해 보니 나는 결과를 바꿀 수 없는 일들에 대한 스트레스를 너무 많이 받고 있었다. 그래서 쓸데없는 걱정은 덜어내고 회사 밖에 나오면 회사 생각을 안 하기 위해 노력했다. 어느 정도 시간이 지나고 마음이 편안해졌고 다른 곳을 돌아볼 여유가 생겼다. 내부의 근심을 없애는 일이 가장 중요한 에너지를 만드는 일이다. 오늘 스스로를 위한 걱정인형 하나를 준비해 보는 것은 어떨까?

두 번째, 좋아하는 일을 만드는 것이다. 누구나 자기 좋아하는 일에는 신나서 덤벼들곤 한다. 사랑하는 연인을 만나러 가는 길은 주저함도 없고 걸림돌도 문제가 되지 않는다. 설레고 행복한 마음뿐일 것이다. 꼭 연인의 사랑뿐이 아니다. 운동을 좋아하는 사람, 프라모델 만들기를 좋아하는 사람, 음악을 좋아하는 사람, 돈 버는 것을 좋아하는 사람도 그렇다. 내가 보람을 느끼고 칭찬 들을 만한 무엇인가를 찾는 것은 무척이나 중요하다. 100세 시대인 지금 사십 대 이후 취미 생활은 이젠 선택이 아닌 필수이다. 다행히 나는 삼십 대 초반에 가슴 떨리는 마술이라는 취미를 만나게 되었다.

마술을 만나기 전과 마술을 만난 이후 나는 어떻게 바뀌었을까? 나의 생각으로는 180도 변화되었다. 평범한 회사원에서 특별한 사람, 열정적인 사람, 노력하는 사람이 된 것이다. 흔히 사람은 바뀌지 않는다고 이야기하지만, 상황에 따라서 사람이 바뀔 수가 있다. 특히 취미가 성향과 딱 맞아떨어지면 에너지가 샘솟을 것이다. 사람 중에는 음감이 좋아 악기를 잘 다루는 사람도 있고, 공간 지각 능력이 있어 미술에 소질이 있는 사람도 있다. 리듬감이 있어 춤을 잘 추는 사람도 있고 유머 감각이 좋아 개그에 소질이 있는 사람도 있다. 나는 한 가지, 마술을 연습하고 시연을 할 때 주위 사람들이 놀라워하고 즐거워하는 것에 희열이 느껴졌다. 그것만으로 동기 부여는 충분했다.

영업직도 아닌 연구원이었기 때문에 하루에 만나는 사람은 거의 변하지 않았다. 처음엔 마술을 아내의 어린이집 선생님들에게 수줍게 보여 드리곤 했는데 그것만으로 갈증이 해결되지 않았다. 자연스럽게 주변 사람들 또는 모르는 사람에게도 다가가 마술을 보여 주게 되었다. 그렇게 한 걸음 한 걸음 앞으로 나아가다 보니 어느 순간 특별한 사람이 되어 있었고 자연스럽게 프로 마술사가 되어 있었다. 이 책을 읽는 독자분들도 가슴 뛰는 무엇인가를 만나면 좋겠다. 이왕이면 미개척 분야로, 자신의 소질에 맞는 것으로.

세 번째, 에너지를 아끼는 것이다. 에너지를 쓸데없는 곳에 써 버리는 사람이 많다. 아마도 집중할 곳이 없어서일 수도 있고 방법을 몰라서일 수도 있다. 걱정을 줄이고 쓸데없는 짓을 안 하는 것만으로도 에너지 손실은 상당히 막을 수 있다. 딴짓은 즐기되 현명하게 판단해야 한다. 에너지는 시간과 비례한다. 스트레스가 해소되고 삶의 활력이 되는 일이라면 술을 마시는 시간을 갖거나 게임을 즐기는 것도 좋은 일이다. 하지만 생산적이지 않은 일에 과도한 시간을 빼앗긴다면 순기능보다 역기능이 더 클 것이다. 에너지는 만들어 내는 것도 중요하지만 만들어 낸 에너지를 지키는 것도 무척이나 중요한 일이다.

네 번째, 에너지를 효율적으로 써야 한다. 목적지를 갈 때 가까운 길과 둘러 가는 길이 있다면 당연히 가까운 길을 선택해야 할 것이다. 가까운 길은 대부분 우리가 알고 있는 정공법이다. 영업이라 하면 발품 영업이 정공법이고 살을 빼려고 하면 운동과 소식이 정공법이다. 하지만 우리 주위를 둘러보면 정공법보다는 편법을 더 선호한다. 정공법을 피해 가면 에너지 소모가 몇 배가 늘어난다. 지름길을 두고 먼 길을 둘러 가는 것과 같다. 목적을 정확히 설정하고 최소한의 시간과 적은 에너지를 투입하여 최대한의 효과를 얻는 것에 대하여 항상 고민하고 생각해야 한다. 경험 많은 멘토에게 조언을 듣는 것은 지름길을 찾는 좋은 방법이다.

다섯 번째, 잘 놀아야 에너지가 생긴다. 아무리 좋아하는 일이라도 마냥 즐거울 수가 없다. 마술을 익히면서도 연습 과정에서 쌓이는 스트레스를 푸는 것 또한 중요한 일이다. 난 사람을 만나고 대화하는 것을 즐긴다. 그러다 보니 놀기 좋아하는 한량이 되었다. 회사에 다닐 때 난 대학원에 진학했다. 물론 공부도 열심히 했지만, 수업 후 친교 자리는 빠진 적이 없다. 5학기 동안 학과 엠티를 전부 참여했고 학교 행사에 한 번도 빠진 적이 없다. 졸업하고 나서도 학교 행사는 꼭 찾아다닌다. 좋아하는 일을 할 때 갖게 되는 자리 중 좋은 사람들을 만나는 자리, 즐거운 자리, 흥거운 자리가 제일 좋지 않겠는가? 노는 것이 메인이 되면 안 되겠지만, 어느 정도의 즐김은 빡빡한 생활 속에서 스트레스 해소의 자리가 되고 에너지 충전의 시간이 된다. 그런 편한 모임이 있어야 하고 그런 편한 사람이 주변에 있어야 한다. 그리고 즐기는 시간은 아무 생각 없이 즐겨야 한다.

♣ '센' 상대를 즐기자

공연하다 보면 '센' 공연을 만날 때가 있다. 공연장 여건이 나쁘거나 관객이 힘든 경우도 있고 어떤 때는 공연하기가 겁나는 상황도 있다. 예전 화성문화재단에서 '찾아가는 공연장' 공연자로 활동한 적이 있다. 이 공연의 특징은 도서관, 노인정, 지역 학교 등 장소에 찾아가서 하는 것이었다. 원래 재단 규정은 40분 공연이었는데 내가 무엇을 착각했는지 처음부터 60분 공연으로 잘못 알고 있었다. 60분 공연이면 장비도 엄청나게 많고 준비 시간이나 소요 시간도 만만치 않아 상당한 스트레스였다. 어쩌겠나. 나에게 닥친 일이고 자원한 일이니, 최선을 다해야겠다는 생각에 학교, 노인정, 시장 축제, 공원 등 다양한 장소에서 60분씩 공연을 15회 완수하였다. 힘든 공연이었는데 즐기면서 했던 것 같다.

이때의 경험은 나에게 큰 선물을 안겨 줬다. 화성문화재단 공연은 만만치 않게 센 상대였다. 그때까지 한 시간 공연에 대한 약간의 공포가 있었다. 하지만 센 상대를 극복하고 나니 그 두려움이 모두 사라진 것이다. 지금 내 공연의 상당수는 60분 공연으로 진행된다. 이 60분 공연의 틀이 화성문화재단 공연으로 만들어진 것이다. 60분 공연이 중요한 건 단독 상품으로 영업이 가능해 고객층을 무한정 확대할 수 있다는 장점이 있기 때문이다. 어떻게 보면 찾아가는 공연장 프로그램의 열악한 환경이 마술사 신석근을 완성시켰다고 생각한다. 지금 여러분에게 힘겨운 상대가 앞에 있다면 피하지 말고 도전해 보자. 센 놈을 이기고 나면 우리는 훨씬 단단해지게 될 것이다.

열심히 말고
제대로

♣ 마술 잘하면 마술사?

처음 마술을 접하시는 분들은 마술 실력에 모든 것을 투자한다. 당연한 일이다. 프로이든 아마추어이든 많은 시간과 노력을 투자하여야 한다. 사람의 성장 과정에서 어릴 때는 인격과 사회성을 기르고, 청소년 시기가 되면 공부하고 기능을 익혀야 한다. 성인이 되어서는 사회 구성원으로 역할을 해야 하고 결혼도 하고 자식도 낳아야 한다. 그러기 위해 꾸준한 준비를 해야 한다.

우리는 이렇게 너무나 당연한 과정을 실생활에서 잘 적용하고 있을까? 마술을 접하면 처음에는 누구나 마술만을 생각하며 연습하는 수련 과정을 거친다. 문제는 아마추어를 거친 후 마니아, 프로 시기에도 마술만 연습하는 사람이 있다는 것이다. 적정할 때 적정한 준비를 했다면 프로 마술사로 자리를 잡을 텐데, 준비가 되어 있지 않아서 마니아에 머물거나 경제 활동 없는 프로가 되는 경우가 있다. 오늘 무엇을 하는가가 내일 무엇을 할지를 결정한다. 내일 마술 공연을 하고 싶다면 오늘 무엇을 해야 할까? 기획자를 만나든, 공연 영업을 하든, 봉사 공연 기획을 하든, 마케팅을 하는 것이 답일 것이다. 마술 연습은 기본은 될지언정 공연과 연결되지 않는다.

그럼 준비 과정을 한번 알아보자. 마술은 기본이니 제외하고 이야기해 보겠다. 일단 기획자를 만나려면 내놓을 만한 기획서, 공연 소개서, 포트폴리오를 멋지게 만들어 놓아야 한다. 포트폴리오를 만들려면 프로필 사진도 찍어 두고 평소 공연 다니면서 사진도 부지런히 찍어 두어야 한다. 포트폴리오가 준비되었다면 기획자를 만나야 한다. 어디에 가면 기획자를 만날 수 있는지, 주변에 아는 기획자가 있는지 찾아봐야 한다. 기획자들 모임이 있으면 그 모임에 나가 친분을 쌓고 나를 알릴 기회를 가져야 한다.

공연 영업을 해 보자. 영업 상품도 기획해야 하고 영업 자료도 있어야 한다. 영업 자료에도 사진이 필요하다. 영업은 DM을 발송하거나 찾아가야 한다. DM 발송을 위해서는 한 장으로 나를 선택하게 할 멋진 홍보물이 있어야 한다. 홍보 문구는 어떤 문구로 써야 식상하지 않고 나를 선택하게 만들어 줄까? 학교, 유치원, 어린이집 등에 DM을 발송하는 방법이나 그곳의 주소를 구하는 방법도 고민해 보아야 한다. 봉투는 또 어떤 것을 쓸지도 고민해 보고. 생각해 보면 이것도 일이 정말 많다.

마음 편하게 봉사 공연을 가자. 요즘은 그냥 전화 걸어 봉사 공연 의뢰를 하면 보험회사 영업인 줄 안다. 공신력을 높이기 위해 공문을 보내는 것이 가장 좋다. 공연 목적, 의의, 시간, 장소를 조율해야 하고, 취지도 써야 한다. 공문을 완성했다면 지역아동센터나 요양원 등 보낼 곳을 고민해야 한다. 공원에서 공연을 하려 해도 공원 사용 허가 신청서를 내야 한다. 전기를 끌어 쓸 곳과 스태프를 맡아줄 인원도 필요하다. 공연 후에는 홍보를 위해 지역 신문사에 보도 자료도 제공해야 한다.

마케팅으로 눈길을 돌려 본다. SNS에 홍보 글도 올려 보고 홈페이지도 업그레이드하고 블로그도 사용한다. SNS상 마케팅은 지속적인 움직임도 중요하고 카피와 좋은 이미지도 필요하다. 이 모든 노력과 함께 금전적인 투자가 필요하다. 보통 홈페이지는 한 번 제작하면 몇 년이 지나도 업데이트 없이 그대로 사용하는 경우가 많으며 블로그 마케팅도 꾸준히 하기가 힘들다. 전문화, 세분된 사회 속에서는 나의 모든 움직임이 서류로 작성되어 전달되어야 한다.

마술 연습은 말 그대로 기본이다. 그리고 마술뿐만 아니라 다른 것들도 배우는 것이 좋다. 멋지게 걷기 위해 워킹 연습을 할 수도 있고, 각선미를 위한 운동을 하기도 한다. 율동이나 마임도 도움이 되며 리듬감을 익히기 위해 춤을 배우는 것도 좋다. 연기를 배우거나 매끄러운 진행을 위해서 사회자 수업을 받아도 좋다. 프로 마술사가 되기 위해 너무나 기본이 되는 수준의 노력은 여기까지이다.

마술사 대부분은 포트폴리오를 가지고 있다. 하지만 그 퀄리티 차이는 참으로 크다. 아내가 어린이집을 운영하기 때문에 다른 공연자들의 공연 홍보물을 볼 수 있는데, 보내지 않는 것이 나을 정도의 성의 없는 홍보물(A4지 몇 장을 스테이플러로 찍은)을 볼 때도 있다. 더구나 남의 공연 사진을 쓰는 경우도 있었다.

성장 과정에서 준비해야 하는 것은 무엇일까? 문서 능력, 기획 능력, 영업 능력, 대인관계, 컬래버레이션, 새로움, 특화, 경쟁력 확보 등 열거하자면 끝이 없을 것 같다. 이 많은 것들을 언제 준비해야 할까? 아마추어일 때부터 배우고 시도하고 훈련하여야 한다. 마술을 완벽히 하고 시작하면 늦는다. 마술 실력과 함께 익혀야 하는 소양이고 길러야 할 능력이다.

지금 마술을 배우는 아마추어라면 이런 건 어떨까? 마술 2년 차쯤 인근 요양원에 찾아가 봉사 공연을 하는 것이다. 복지사와 이야기하면 봉사 공연은 어렵지 않게 할 수 있다. 공연 후에는 간단하게 기사 글을 써서 사진과 함께 지역 신문사로 보내면 기사가 뜰 것이다. 그리고 같은 내용으로 간단하게라도 활동 보고서를 써 보자.

후일 나의 기사와 활동 기록은 나를 성장시킬 중요한 자료가 될 뿐 아니라 신뢰감의 바탕이 된다. 또 4년 차쯤 동료 마술사와 작은 콘서트를 기획해 보자. 작은 공연장에서 두세 명이 기획하고 연습을 하고 홍보를 해 보자. 물론 돈도 들어갈 것이고 실패를 할 수도 있지만 작은 실패는 후일 내게 큰 선물을 준다. 이 또한 기사를 제공하고 자료화해 두자. 준비되어 있으면 기회는 반드시 온다. 그때 활동 자료를 가지고 일을 추진하면 성공률은 훨씬 높아질 것이다.

서두에 이야기했듯이 오늘 무엇을 하느냐가 내일 무엇을 할 것인지를 결정짓게 된다. 오늘도 직장에 다녀오고 내일도 출근할 것이다. 모래도 마찬가지일 것이다. 아마도 5년 후도 10년 후도 마찬가지일지 모르겠다. 큰 변화를 권하고 싶지는 않다. 하지만 오늘 조금의 에너지를 배정해 딴짓을 시작하기를 권한다. 그러한 시작이 인생의 전환점이 될 수도 있고, 계기를 제공할 수도 있다. 열심히하기보다 제대로 해야 한다. 그리고 노력은 전략적이어야 한다. 지금 사십 대라면 지금부터 악기 하나라도, 취미 하나라도, 특기 하나라도 만들어 보자. 정년 후 시작하면 보람 없는 배움만으로 시간을 소비하게 된다. 나는 교육 활동을 하지 않지만, 간혹 퇴직자를 대상으로 한 마술 교육 문의 전화가 온다. 퇴직 전부터 준비했다면 단절 없이 멋진 활동을 할 수 있었을 텐데, 아쉬운 부분이다. 오늘 작은 변화를 시도해 보자. 아무것도 하지 않으면 미래는 아마 스스로가 걱정하는 대로 될 확률이 높다.

♣ 모든 것을 최대치로

주변의 시작하는 마술사들이 가끔 질문한다. "공연을 더 잘하기 위해서 가장 먼저 무엇을 할까요?" 보통 내게 이런 질문을 하는 마술사들은 프로 마술사의 경지에 있는 친구들이다. 이런 경우 마술의 개선은 크게 의미가 없다. 보통 마술 실력의 성장은 3년 정도부터 멈춘다. 이후로는 경력에서 우러나오는 노련함과 능숙함이 성장을 하게 된다. 그렇다면 공연력을 높이기 위해서는 무엇을 해야 할까?

답은 영향을 주는 모든 것을 최대치로 끌어올리는 것이다. 팁 하나를 제공하자면 제일 바닥인 것부터 시작하는 것이다. 80점을 90점으로 만드는 데는 많은 노력이 들어가지만 0점짜리를 50점으로 끌어올리는 데는 상대적으로 적은 에너지가 들어간다. 예전에 회사에서 '판단에 대한 합리적 방법'을 교육받은 적이 있다. 내가 가야 할 방향에 영향을 미치는 요소를 전부 열거하고 그 비중에 따라 점수를 배정하고 각 항목에 현 상황에서의 점수를 먹이는 방법이다.

항목	비중	배점 (1~10)	종합 점수	차감 점수
마술	30%	8	24	6
외모	15%	6	9	6
화술	10%	6	6	4
연기	10%	6	6	4
융복합	10%	6	6	4
스토리텔링	10%	4	4	6
자세	5%	8	4	1
독서	5%	6	3	2
도구	5%	8	4	1
합계	100%		66	34

위 표대로라면 현재 나는 현재 100점 만점에 66점의 공연자인 것
이다. 에이니 절대적 가치 기준을 따질 필요는 없다. 자신의 판단이
고 배점이며 자신의 전략을 세우기 위한 방법을 찾는 것일 뿐이다.
점수표를 보면 내가 정한 만점에서 34점이나 까먹었다. 그렇다면
어떻게 내 공연을 개선해야 할까? 마술에서 6점을 채우기 위해 노
력하는 것보다 융복합이나 스토리텔링에 노력을 쏟는 편이 효과가
더 좋을 것이다. 외모 부분에서 6점이나 빠졌는데 화장을 하거나
헤어스타일이나 공연복을 보완하는 것도 방법이다. 시간으로 해결
해야 하는 것이 있고 경제적으로 해결해야 하는 부분도 있다. 모든

요인을 최대치로 끌어올려야 한다. 위의 표를 정리해 보면 공연력을 높이기 위해 무엇을 해야 할지가 보인다. 물론 항목을 정하고 객관적으로 배점하는 것 또한 실력일 것이다. 항목과 배점이 폭넓지 않고 합리적이지 않으면 의미가 없다. 그리고 그 배점과 항목은 시대에 따라, 상황에 따라 달라질 것이다. 사십 대 이상이 되면 신체적 변화와 심리적 변화가 생기며 자신의 경쟁력을 되돌아보는 시기를 갖게 된다.

마술을 예를 들어 설명했지만, 나의 인생을 두고 배점을 해 보면 어떨까? 대목표는 행복으로 세우고, 요인 변수에 가족, 자기만족, 취미, 경제력, 시간 등의 항목을 두고 스스로 평가를 해 보면 내가 전략적으로 무엇을 해야 할지 어떻게 돈을 써야 할지 모아야 할지 시간을 어느 곳에 투입해야 하는지 판단하는 데 도움이 될 것이다. 내가 독자 여러분께 전달하고 싶은 메시지는 전략적으로 최대치를 얻자는 것이다. 최대치를 목적으로 하되 시간과 노력을 최대한 줄여 효율을 극대화하여야 한다.

♣ 자기 계발에 대한 단상

가끔 우리나라는 참 살기 힘든 나라라는 생각이 들곤 한다. 예전에 철물점 주인이 되고 싶었다. 뭔가를 만들고 고치는 것을 좋아하는 나는 철물점 주인은 평생 안정적 직업일 것 같았다. 하지만 지금은 시대가 바뀌어 다이소 입점 하나에 동네 철물점 몇 개가 사라지는 시대에 살고 있고, 특히 한국은 변화 속도가 어마어마하다. 예전에 펜티엄 컴퓨터가 전성기를 이룰 때 컴퓨터 공부에 몰입해 중고 컴퓨터를 판매해 보기도 했고 천리안, 하이텔 시기에는 정보제공업자(IP)라는 최신 직업에 관심이 생겨 실제 하이텔에서 '세일 쇼핑 정보'라는 코너를 운영하기도 했었다. 나는 나름 최대한 시대의 변화를 따라가기 위해 항상 공부하고 노력을 해 왔는데 그 속도가 너무 빨라지고 전문화되어 이젠 관망자가 된 듯하다. 다행인 것은 시대가 변해도 그 가치가 상승하고 있는 예술계에 몸을 담아 지금은 예인으로 살아가고 있다는 사실이다.

오늘의 내가 '가장 나은 나'라고 생각하고 내일의 나는 오늘의 나보다 조금이라도 성장할 것이라고 긍정적 생각을 해 본다. 그리고 이는 자기 계발이 습관화되어 있어야 한다. 너무 마술 관련한 이야기만 늘어놓아 마술 외의 자기 계발에 대하여 몇 가지 이야기해 보고자 한다.

• 평생 학습

공부를 싫어했던 것은 아니지만, 대학교를 졸업하면서 '더 공부하지 않는다'라고 결심을 했었다. 그런데 회사와 마술사를 병행하던 어느 날 마술 관련 기획서를 쓰다가 최종 학력을 기계공학으로 써넣으려니 왠지 아쉽다는 생각이 들었다. 그래서 고민하지 않고 대학원에 진학했다. 입학 당시에는 회사에 재직 중이었고 일주일에 두 번 서울로 통학하는 것은 큰 부담이었지만 과감히 선택했다. 내가 필요로 할 때는 공부도 재미있다는 것도 알게 되었고 다시 시작한 학교생활이 즐겁기만 했다. 학위 수여식에서 대표로 학위증을 받는 영광까지 안았다. 그때 쓴 논문의 제목은 「미디어 아트 마술 공연이 관객몰입 및 관람의도에 미치는 영향」이고 논문을 쓴 것이 이 책을 쓰게 된 계기가 되었다. 논문 때문에 마음고생, 몸 고생이 심해 박사 과정을 가고 싶은 생각은 없지만, 어느 날 갑자기 마음이 바뀔 수도 있을 것이다. 미래에 대한 길을 열어 두고 넓히는 것이 바로 자기 계발의 첫걸음이다.

• 몸 관리

나는 10년 넘게 헬스를 꾸준히 하고 있다. 그 계기는 배는 나오고 팔다리는 가늘어지는 중년의 몸매로 변해 가고 있는 스스로를 발견한 것이었다. 항상 시간이 부족한지라 운동할 시간이 없을 것으로 생각했는데, 무턱대고 헬스를 다니기 시작했다. 나름 꾸준히 운동하니 점차 남자형의 몸매로 바뀌기 시작했다. 그해 콘서트에서 큰 변화를 느꼈다. 한 가지 마술을 개발하기 위해 3~4달을 노력해 왔고 그 결과로 4분간의 박수를 받는다고 생각해 왔는데, 헬스를 한 이후로는 공연하는 1시간 내내 박수를 받게 된 것이다. 이런 확실한 성과를 보고 나니 운동을 멈출 이유가 전혀 없었다. 공연자에게 가장 필요한 것은 몸 관리였다.

재미있는 점은, 시간이 없다고 생각해 왔는데 언제부터인지 운동에 최우선으로 시간을 배정하고 있었다는 사실이다. 연습을 못 하더라도 운동은 포기할 수 없는 생활의 한 부분이 되었다. 지금은 아침에 눈 뜨자마자 제일 먼저 하는 일이 운동이다.

• 다이어트

운동만큼 중요한 것이 다이어트이다. 운동은 살을 빼는 것이 목적이 아니라 몸의 모양을 잡아 주고 건강해지는 것이 목적이다. 다이어트 하는 방법은 누구나 안다. 절식과 소식을 습관화하는 것이다. 나의 경우 간헐적 단식을 5년 동안 꾸준히 해 오고 있다. 다이어트는 살 빼기를 목표로 하면 안 된다. 체중 유지를 목표로 하면 다이어트가 쉬워지고 습관화하기가 쉽다. 일단 현 체중을 유지할 정도로 절식 습관을 만든 후 살을 빼기 위해 간헐적으로 고강도 절식과 운동을 하면 효과를 볼 수 있다. 운동과 다이어트는 가장 기본이 되는 자기 관리의 1순위이다.

• 미디어 아트

석사 논문을 쓰고 나서 목표가 한 가지 생겼다. 그것은 미디어 아트와 마술의 융복합 공연을 만드는 것이다. 논문을 쓰기 전 프로젝션 맵핑을 배우기 위해 서울로 다녔다. 그 후에 논문을 쓰느라 1년간 손을 놓았지만, 아직 목표에 대한 열정은 타오르고 있다. 미디어 아트 마술 공연에 대한 기획서를 부지런히 작성하는 한편 '빛장'이라는 미디어 아트 전시회 참여를 확정하였다. 집필이 끝나고 나면 미디어 아트 작품 구상을 위해서 또 도서관에서 책을 보고 구상을 하고 있을 것이다. 내년까지 완성도 있는 작품을 만들기 위해 노력을 하고 있다. 마술, 복화술, 콘텐트 저글링 모두 독학으로 공부했는데, 미디어 아트는 학원에 다녔으니 출발은 가장 좋다. 하지만 모르는 분야이고 많은 시간과 노력과 에너지를 투입하여야 하므로 겁도 난다. 그래도 나는 나의 길을 간다.

• 독서

예전에 다른 공연자의 공연을 본 적이 있다. 멋진 마술을 보고 환상에 빠져 있었는데 마술사의 이야기가 시작되자 순식간에 환상이 깨져 버렸다. 공연자의 화술은 무척 중요하다. 목소리도 중요하고 내용 또한 중요하다. 그리고 무대 위에서 화법도 중요하지만, 무대가 아닌 곳에서의 화법도 중요하다. 내가 가장 선호하는 공연이 독서 권장을 주제로 한 도서관 공연이다. 어린이나 어른들에게 즐거움과 함께 독서의 중요성을 생각할 기회를 제공하는 것이다. 나름 책을 읽는다고 생각해 왔는데 집필을 하면서 내가 얼마나 많이 부족한가를 생각해 보는 좋은 기회가 되었다. 내년에는 다른 분야의 책을 집필할 계획이다. 이를 위해서 관련 서적을 많이 읽어 둘 생각이다.

위기(危機)와 기회(機會)는 의미는 정반대이지만 '기(機)' 자는 동일하게 사용되는 단어다. 위기를 느끼면 누구나 긴장하고 대비하는 과정을 거친다. 대비를 잘해 놓은 사람에게 위기는 기회로 다가올 것이다. "기회는 기회의 모습으로 오지 않는다"라고 했던가. 기회는 준비된 자만이 볼 수 있고 잡을 수 있다. 나는 지금 무엇을 하고 있는가? 자신이 가진 에너지만큼 움직이고 준비하는 것이다. 인간은 누구나 행복하기를 원한다. 그 행복의 기준은 사람마다 다르다. 그래도 행복의 방향은 대부분 비슷할 것이다. 더 나은 내일을 위하여 나는 오늘도 무엇인가를 생각하고 바지런을 떨 것이다. 그러한 바지런함을 통해 나는 행복에 가까워진다.

에필로그

마술 같은 인생을 살고 싶다면

자, 여러분 모두 모이셨으니 두 번째 합반 수업을 시작하겠습니다. 우리는 일주일 전에 이 강의실에 함께 모여 각자가 어떤 삶을 살아왔는지, 또 어떤 이유로 이 마술 학원에 오게 되었는지, 어떤 목표를 가지고 있는지에 대해서 서로를 나누는 시간을 보냈습니다. 그리고 지난 일주일간, 여러분은 우연히 또는 의도적으로 각자에게 롤모델이 되어 줄 만한 선배 마술사 선생님들을 만났습니다. 각각의 자리가 모두 의미 있고 소중한 자리였습니다. 이 자리는 여러분의 가슴속에 자리 잡은 열정과 목표를 위해 몇 가지 다짐을 하는 자리입니다. 저는 여러분에게 다음 3가지의 제안을 합니다.

첫 번째, 더 구체적이고 분명한 목표를 가지시기 바랍니다.

세상에서 성공이라는 것을 이룬 사람들의 공통적인 첫 시작은 분명한 목표를 갖는 것이었습니다. 막연한 목표보다는 구체적일수록 더 좋습니다. 예를 들면, '누구처럼 훌륭한 마술사가 되어야지'라든가, '마술을 배워서 봉사도 하고 의미 있는 삶을 살아야지' 하는 등의 막연한 목표는, 실행 계획은 물론이고 실천 과정 역시 막연하고 어렵습니다.

기왕이면, 이렇게 목표를 세워 주세요. "나는 지금부터 3개월 후에, ○○복지관에서 지역 주민들을 대상으로 15분간 무대 마술을 공연할 것이다. 첫 5분은 로프를 이용한 마술, 다음 5분은 손수건과 지팡이를 이용한 마술, 마지막 5분은 꽃을 이용한 마술을 보여줄 것이다. 그리고 나서 나는 뜨거운 박수갈채 속에 무대 위에서 내려올 것이다."

어떤가요? 내가 잘 모르는 분야에 대해 구체적인 목표를 세우기가 어려울 수도 있지만, 그래도 최대한 구체적인 목표를 정해 놓는 것이 좋습니다. 그래야만, 그 목표에 맞추어 구체적인 실행 계획을 세우고, 하나씩 달성해 가면서 결국 원하는 목표에 다다를 수 있습니다.

1개월에서 2~3개월 정도의 짧은 기간에 이룰 수 있는 단기 목표, 6개월~1년 정도 후에 이룰 수 있는 중기 목표, 2~3년 혹은 5~10년 정도의 노력 끝에 이룰 수 있는 장기 목표를 세워 보면 더욱 좋습니다. 그리고 그 목표를 이루기 위한 더 구체적인 실천 계획을 세워 보기 바랍니다. 나머지 실행과 달성에 대한 부분은, 오롯이 여러분의 몫입니다.

두 번째, 누구나 지치고 포기하고 싶은 순간이 옵니다.

그 순간이 올 때, 이런 생각을 해 주시기 바랍니다.

'내가 이번 주에 만났던 그분, 나의 롤모델인 그 마술사님은 이 순간에 어떻게 했을까?'

아무 약속도, 할 일도 없는 일요일 오후, 연습실에 나와 연습을 해야 하지만 그것이 귀찮고 힘들 때가 있습니다. 아무리 연습해도 손에 익지 않는 마술이 있을 수 있습니다. 우리가 사람인 이상 누구나 그럴 수 있습니다. 하지만, 그 순간 여러분의 롤모델인 그가 어떻게 했을까 떠올렸을 때, 그가 행동했을 만한 행동을 여러분도 하시기 바랍니다. 그렇게 한다면, 그리고 그런 시간들이 반복된다면, 언젠가 여러분도 그분들의 위치에 서게 될 것입니다. 시간은 흘러가는 것이 아니라 쌓여 가는 것입니다.

세 번째, 여러분의 진정한 'Why'를 찾아 주세요.

그리고 가능한 눈에 잘 띄는 곳에 두고 자주 보세요. 업무를 보는 책상, 운전석 앞 작은 메모, 스마트폰 배경, 노트북 배경 화면 등등 어디나 좋습니다. 그리고 일상생활 속에서 접하게 되는 여러 장소에 준비해 두면 더 좋습니다. 여러분이 마술을 배우고자 하는 진짜 이유를 잊지 않도록 자주 보고 되새길 수 있도록 해 주세요. 앞서 말씀드린 목표의 씨앗이 되어 줄 여러분만의 'Why'를 꼭 찾아 기억하고 자주 되새기세요. 눈물겨운 성공을 이룬 어떤 사람이 자신의 성공에 대해 인터뷰하면서 이런 말을 했는데, 저는 아직도 그 말이 잊히지 않습니다.

"그것을 생각했을 때, 눈물이 흘러나오지 않는다면, 그것은 당신의 진정한 Why가 아니다."

꼭 마술이 아니더라도, 여러분의 소중한 삶을 위해, 여러분이 반드시 이루어야 할 목표를 위해 절대 물러설 수 없는 Why를 가슴 속 깊이 새기고 자주 돌아보며 어려움을 이겨 주시기 바랍니다.

저는 이번 주, 여러분과 함께 시간을 보내면서 작은 목표가 생겼습니다. 우리는 1년 후에, 정식 공연장에서 매직 콘서트를 열 것이

고, 이 무대에 여러분 모두 출연하게 될 것입니다. 성공적인 무대가
될 수 있도록 최선을 다해서 여러분을 지도할 생각입니다.

자, 여러분 준비되셨나요? 이제 시작합시다!